NEW 杂文

新子不语

陆春祥 著

上海文艺出版（集团）有限公司
上海故事会文化传媒有限公司

目录

乱第三

神第四

子欲语（序）

子不语怪力乱神。

这似乎一直以来就是一种时尚。这样的人，他已经看透或者懂得，不是不说，只是少说或者不说，抑或换一种说法，就如袁枚《子不语》。

我用一种极为粗暴和简单的分类法来理解这个怪力乱神，谓之《新子不语》。统统分成两类，一类是，一类非。或曰：这样的分类法是否太简单了些？依你说法，我们的社会就是两类，一类是非怪力乱神，另一类就是怪力乱神。我说，仔细想想，未尝不是这样。

怪。一类是非怪，另一类就是怪。不怪的事情就是正常的事情，这个世界总是正常的事情居多，社会日日发展，人民安居乐业。然而，怪事仍然不少。前两天的消息说，2010 年，全国离婚 196 万对，还排出了十大高离婚率城市。不管怎么说，这样的数字已经偏离了正常的轨道。“爱情保鲜药”、“处女膜转让”、“成人考试”、“官场词典”、“会议博彩”，这些只是怪相中之一粟，不必慌张。

力。一类是非力，另一类就是力。非力现象也是正常的现象，这个社会总的说来是稳定的，和谐的，打砸抢烧，奸淫偷盗，统统严惩，毫不留情。然而，力的事件仍然不停，有突发事件，有激情犯罪，更有一种软暴力，心理的，思想的，争“武大郎祖籍”，抢“孙悟空老家”，GDP政绩观，欺上，瞒下，官场倾轧，知法犯法，贪腐前仆后继，乐此不疲。要想这些力绝迹，那是不可能的，但我总希望这样的事情少一些再少一些，因为这样的力多了，社会就缺少公义，对别人来说就是不公平。

乱。一类是非乱，另一类则是乱。同样的道理，非乱是正常的，乱则为异常。我们这个社会绝对是非乱为主，学生上学，工人做工，干部管理，军人戍边，各项事业井井有条，该干嘛干嘛。但仍然乱相不断，有道德的偏差（《考试》），有异样的官场（《局长陆冬祥的电话记录》、《县长日记》、《李三亩年谱》），还有不伦不类的延伸（《包装协会章程》，《一份经典导游词》），更有前所未有的“创造”（《本草纲目新方五帖》、《八个新经济增长点》），等等等等，怎一个乱字了得！乱相有时是非乱的自然延伸，只是这种延伸没有约束而已，属于离谱，这种乱多了，也不是什么好事，全社会都要努力戡乱！

神。一类是非神，另一类则是神。从来就没有神仙皇帝。任凭你说得再天花乱坠，我们仍然要在现实中过日子。我们就是一个非神的社会，从来就是，中外也是。但，非神社会并不是不要神奇的想法，《阿凡达》让全世界为之着迷，《西游记》创造了整个的神仙社会。这样的神，我们仍然需要。可是——生活中的非神是可以通过神幻来体现的，我想回到唐朝，做大唐的公务员；我们办节上瘾了，那就庆祝嫦娥奔月吧，以加大招商引资的力度；我们设想大知识分子孔丘会见君王小老婆南子的有趣场景；我们再设想，一个周朝的小美女，她将如何艰难地择婿；我们还设想，商品经济将会如何影响远古的社会。所有的一切神幻，都只是一种假设，但这种假设仍然是现实社会的合理延伸，因此，你不妨将其当真。有时，在苦恼沉闷或纠结的时候，这也是一件相当有趣的事情。

然而，分类仅仅只是分类，分类不是目的。我只是不想让怪力乱神习以为常，虽然我明明知道，说了怪力乱神也不一定会少，但仍然要说，要列。

伏尔泰说："我是一个软弱的动物，我出生的时候，没有力气，没有知识，也没有本能，甚至无力像其他四肢动物那样，爬到母亲怀里吃奶。只是当我有了一点力气之后，当我身上的器官开始成长的时候，我才具有了些微的思想能力。"以此比方，怪力乱神，很有点像人初长成时的状态，粗鄙得很，但极正常。

黑格尔说："恶是推动历史前进的杠杆。"也就是说，人性本是恶的，没有制度的制约，才使其找到了扬恶的机会。从这一角度讲，怪力乱神，也足见制度规则完善的重要性和必要性。

必须要说一下怪力乱神的表达方式。选择这样的所谓"实验文体"，好像已经很久了。上世纪九十年代末期，我就不安分地寻找一些杂文可能的有趣的表达方式（那时网络搞笑文章还比较少）。情欲信而辞欲巧，杂文的血性和张力也是可以通过"巧"来表达的。在我眼里，既然诗都可以观可以怨，那没有什么不好表达杂文的。从来没有谁规定过杂文一定要这样写，迅大先生自己也常常《故事新编》，所以，日记、对话、贺词、剧本、申辩状、规划、征稿词、模拟试题、药方、导游词、提案、札记、通知、说明书、悼词、年谱、备忘录、排行榜、手册、技术转让书，都成了我的美味晚餐。别人说玩形式的什么我都懒得理睬，杂文难道离得了形式的创新，谁来试试没有形式的文章？！于是，我建议出版社在本书的封面上标上一个陆春祥杂文的 LOGO：NEW 杂文。从某种程度上讲，既然社会不断在变化和发展，形式的创新同样无止境。我还会一直努力探索的。

怪力乱神年年有，一鞭一条痕，一掴一掌血，我做不到也做不了，布衣只是残编手泽，穷年捉怪，杂七杂八，放荡为文。自觉颇似笨驴，闲时拉磨而已，但费草料。

新子不语，陆子语。

怪第一

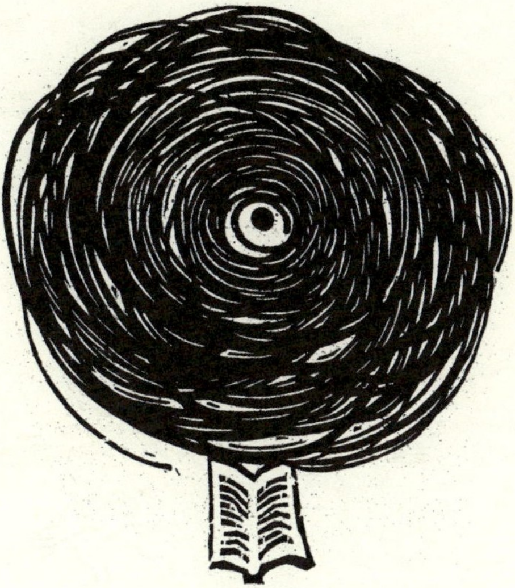

袁枚访谈录

『诗生活』就是『私生活』

著名诗人袁枚袁随园先生自出版《随园诗话》26卷之后，声名一时达到颠峰，采访媒体络绎不绝。近日，他在南京的别墅随园欣然接受了《钱塘娱乐报》记者陆布衣的采访。诗人袁随园先生简称袁，记者陆布衣简称陆。

陆：您好，随园先生，非常感谢您在百忙之中接受来自家乡钱塘的媒体采访。此前，我看了非常多的报道，关于您的创作实践和创作主张，关于您的收藏，关于“性灵说”……您的《随园诗话》自出版后就成为畅销书，一版再版，洛阳纸贵，我更愿意把它看作是当代诗选刊，因为您大大提携了许多诗人及喜欢诗的人，因为您的诗话，许多无名的诗人才会为公众所知，才会长久地流传，诗才会空前被重视。

袁：当代诗选刊，你的这个说法很新鲜哎，此前从来没有研究家这样说过。确实如你所言，《随园诗话》收录了当代许许多多的诗，一首或几首，有的甚至是一两句，我是沙里淘金。本来我想用《最诗歌》作书名的，最好的诗歌，后来想想做人还是要低调。现在看来，人们还是比较看重诗的内容。有的时候，一卷就可以印上十几万册呢。我们这个社会需要诗，因为诗就是我们的生活，我们的生活就是诗。

陆：广大读者非常赞同您的“诗就是生活”，正因为您把诗当作生活，把生活当作诗，所以才会有那么多的读者喜欢。在您的书里，我们看到了许多鲜活的生活细节。有读者问，您有非常多的弟子，而且女弟子也特别多，是不是这样呢？

袁：哈哈，我比较热爱妇女，食色性也。实际上，我只有 20 个比较出色的女弟子。为什么收这么多的女弟子？这个问题太简单了，她们有才啊，她们的诗写得好啊，她们人也漂亮啊。我收女弟子，又不是搞“潜规则”，我只是教导她们写诗欣赏诗，提高生活品质，以后嫁人，也好增加品位和气质。我自己喜不喜欢女人？那自然喜欢了。算命先生说我 63 岁还有儿子，果然是这样，所以，我为这个儿子取名阿迟，做爷爷的年纪还生儿子，确实有点迟了。有没有风流事？哈哈，有的有的，乾隆戊辰年，一个市长朋友寄信给我，说一王姓女子，因为牵连到官司，充在官中，可以赠给我做妾。我就兴致勃勃在扬州买渡过江，到那一看，女子19岁，绰有风致，嫣然可爱，就想娶了她，再细一看，又嫌她肤色稍微差了点，打住了。等解缆归来，到了苏州，又想起要她，重新派人去访，王姓女子已经被江东的一个小干部娶走了。于是只得作罢，作了首《满江红》，花被人摘走才觉得可惜呢。

陆：上面这个故事一定很吸引人，谢谢您的直率。在您的诗选刊中，其实不仅仅是选诗，我还看到了许多有趣的轶事。我们知道，写诗一定离不开游历，您能讲一下您游历生活中的有趣故事吗？

袁：啊呀，这个太多了。以前还没有人这么详细问呢。有年春天，我到雁荡山去玩，途经缙云县，你知道，像我这样的著名作家，当地的官员一般都要隆重接待的。在那个县官的公堂上，我居然看见他在养猪。那个县官真是很勤勉，估计当地民风淳朴，老百姓都遵纪守法，不去麻烦他，就没有什么事情要他处理了，再加上朝廷给的工资奖金也确实不多，他也是为了改善生活吧。否则，就是再穷的地方，做个县长，过个日子应该绝对没问题的。由此可见，我们的廉政建设搞得非常不错，虽然山高皇帝远，官员依然自律。有次我专门去考证李白“不及汪伦送我情”的桃花潭。当地人告诉我，这其实是汪伦搞的一个噱头。他听说李白要来玩，就写信引诱太白：我们这里有十里桃花，我们这里有万家酒店。太白是个超级玩家和嗜酒如命的人，于是欣然前往。

到了那里，汪伦告诉李太白：桃花是潭水的名字，并没有真正的桃花，万家的店主姓万，并没有万家酒店。李白虽然上套，但并没有责怪汪伦，反而写下著名的桃花潭诗，估计是汪伦把老李招待得非常满意吧。

陆：您的游历故事真的很有趣。这也让我们看到您创作的另一方面。有读者说，您的诗选刊题材非常宽泛，有不少“打工文学”也被您收入？

袁：是的，我前面就强调了，诗既然是生活，那就没有什么深奥的东西，任何有诗情和诗才的人都可以写的，写景和言情到位了就是好诗，而不管他是干什么的。我的选刊中就收有不少这样的诗。有个人以卖面筋为业，他的一首《咏雪和东坡》有两句这样写：奇怪这六瓣花实在难以绣出，美人在什么地方下针尖呢？杭州有个裁缝姓郑，也写有两句好诗：竹床发出香味是因为有新的稻草，布衣不暖是因为棉花旧。我的驾驶员郑德基就有好几首诗被我选入，还有民间诗句如：叫船船夫没有答应，水回应了两三声。这样的例子有好多呢。我想这也是这个诗选刊比较畅销的原因之一吧。

陆：是的，您破除等级和门第观念，这对以后的各个选刊必定产生重大影响。《诗三百》，其实有很多是百姓的即兴之作。我还看到您的选刊涉及一些敏感话题，比如同性恋，您为什么会关注这样的题材呢？

袁：两个男子相见倾心，史书上也罕见。但罕见并不代表现实生活中不存在。有人还说我有同性恋倾向呢。我在广东时，有两少男见面后非常高兴，发誓今生同衾共枕，忽然被事所阻，两人涕泪横流。我还写诗咏唱了他们。不料十年后，我和严小秋秀才在广陵游览，遇到一位叫计五官的演员，相貌风度儒雅，他也羡慕严小秋难以自拔，竟然得以交欢尽意。我仍然在扇背上题诗相赠他们。在我看来，我们这个多元的社会应该允许这种同性恋现象存在，毕竟他们没有危害社会啊。

所以我认为，诗生活，其实是“私生活”。我不会让仆人打扫庭院落花的，只想等风来把花吹走；盐融于水，人们只知道盐的味道，但看不见盐的存在。我们只见传下来的生活诗，不见诗里的私生活。谢谢你问了我这么多的诗（私）生活，也感谢家乡的报纸对我关注。

陆：谢谢您百忙之中接受家乡报纸的采访。最后我想请先生为我们广大青年读者寄个语，可以吗？

袁：完全可以。借今年某地的科考试题，有两句话赠钱塘的青年朋友们：一三五仰望星空，二四六脚踏实地，周日休息。

20世纪已成为一段凝固的历史，其可圈可点之事车载斗量，可载可评之事恒河沙数。为鉴往察今，“回眸20世纪丛书”组委会《官场词典》编辑部特向广大作者征稿。

一、征稿范围

凡一切跟官场紧密相连或相连之典型奇人及趣事均可入典，所载人事均要真实、耐读，有沧桑感。

二、编辑体例

1、名人类。例［胡长清］：

赣省副省长，绰号“三胡”（胡吃、胡收、胡搞），贪贿500多万，2000年8月被毙。典型民谣如“前半夜为钱忙，后半夜为色狂”。再如［成克杰］、［陈希同］、［姚晓红］等等。

2、平民类。例［陈仕松］：浙省瑞安一农民，文盲，善窥人私，尤擅探各级官员之腐败，因此揪得浑官多根辫子，其创“盯梢法”可申报世界吉尼斯。［李建民］：皖省某供销社职工，1991年因罪被判刑六年，听判后大方骑车回家，七年平安无事，1999年竞选村委主任事败，2000年3月重新逮捕。［陈丽］：“三陪女”之精英，委身权势显赫靠山，多方包装，遂以正式党员、正科级干部及大学本科之身份，成为鄂省荆门市一开发区下属三个局的副局长和开发区工委宣传部副部长。

3、语言类。想到广西还有700万人没有脱贫，我这个当主席的是觉也睡不好呀。——成克杰。好人坏人看面相也能看出来，你们看我的面相，像个坏人么？——孟庆平。反腐倡廉是摆在我们面前的一项长期任务，要坚决惩治腐败现象，严厉查处贪污贿赂、弄权渎职、敲诈勒索、以权谋私等不法行为。——肖作新。

4、职务类。［海关关长］：一种危险职业，公元2000年相继有厦门、深圳、杭州、舟山、三亚等海关关长落水。另有［交通厅长］、［公安局长］、［财政局长］、［市长］及［厅长］、［处长］若干。

5、技巧类。［绿化秀］：某地市委书记在一次巡查中发现，有片山林远远望去葱绿可喜，近看才知是刷的油漆。［真人秀］：某地领导视察养羊大户基地，朦胧中，只见白羊成群，煞是好看，羊群的阵容中，原来还有一批镇干部披着白布在混充羊。［牌子秀］：湘省临澧县有一不足千人之小山村，村支部办公室里有“综合治理”、“法制学校”等80多块招牌。据对当地15个村的调查，牌子最多的村有117块。支书云，上面干部来参观检查时，挂出来装相的。［材料秀］：渝市彭水县开了减轻农民负担会议后，要求县直部门将落实情况汇报县委，在一份份材料中，细心人发现，县信访办、食品办、招商局及蚕桑局的汇报材料从字号、字体、标题到段落、文字、编排甚至标点符号、错漏字都惊人相同。另有［刺杀］、［烧报纸］等各种技巧。

6、怪异类。［批示］：农民刘某告状十多年所得批示有：到银河系找外星人解决、请到联合国找安南秘书长处理，这些批示均为当地政法委书记、法院院长、公安局长发明。［改风水］：豫省某市一市长调离，留下一条通向市府大楼的东西向大道，新市长到任后第一件事是听风水先生贯通大道的“忠告”，遂耗费300万移楼“改善风水”。凡能运用反向思维做出令人久久不忘之事皆在录入之列。

三、文字要求

短小精悍，字字辛辣，百字最佳。切忌“书卷三纸，未有驴字”，增一字太长、减一字太少为最高境界。稿酬从优，百字千元，并可按印数计版税收入。

秘书李真『列传』

题记：陆子仿太史公为一些人事立传，计有“省长胡长清列传”、“书记张二江列传”、“市长肖作新列传”、“关长杨前线列传”等，今择“秘书李真列传”示之。

李真者，国之第一秘也。

公元一千九百八十一年春，真从冀省张家口柴沟堡师范学校大专毕业，时年二十又一。先至某企业做供销，旋即进经委机关，再被“清理”至一下属工厂。神秘“杨伯伯”见而怜之，遂得杨伯引，“不辞而别”游于京。

未几，既归，遂从张家口迁居石家庄。二十又八，真位至冀省某高官之秘书，不见知。越二年，迁至“冀省首秘”，官七品（正处）。过十七月，迁至“副厅”，三十几岁即任冀省国税局官之首位。以胆大、霸道闻于冀，事皆决于真。人评真曰：其能左右冀省权力系统，极似“二书记”，欲人上则上，欲其下则下。

公元二千零零年春，李真事发，时年三十又八。稽其所贪款项计千万金，累及七品以上官员凡六十又七名，中四十者为“一把手”。真案一时成燕赵乃至全国市井街巷之热门谈资。

考其经历，书以十万乃至百万当为易事，本“列传”撷其人生“华章”飨之一二。

品行。真之师范班主任三学期之评语皆有“脾气差，少性格修养”、“严律己，睦同窗”字样。其家人夸曰：“真少时（初中二年级），与人争列（看电影），大打出手，曾一人抵敌十，卒胜。”

口才。真受父染，诗词颇佳。师范后得硕士，又攻在职博士，事发乃止。真初任国税局长，某次大会，大段背诵范仲淹之《岳阳楼记》及陈天华之《猛回头》，并乘兴口占：“人格人品赢得人，正义正气感染人，豪情豪气激励人，才能才华折服人。”左右皆服靡。

能耐。某次，真随领导巡行。警车、随行车队及各陪行人员皆整装待发，然众未动，俟时已久，众皆环视左右，其时，真披厚袍缓缓而至，其官颜怒，责其晚之，然真未骇。市井曰甲：真未发一言，顾首趋另车；市井曰乙：真答“吵何吵？”概而言之，真之作为更似官。

权力观。真陷囹圄，曾发肺腑言：“权即金。汝欲以千万金换吾权，吾必不换。位在，财源乃滚滚。凡遇节，上门欲结吾私见者成行，求官者或再拜而跪，或膝行流涕，单送犬子压岁银，每年少则万余，多则数十万。”

陆子曰：

语曰：狐假虎威，其李真之谓也。

夫秘书与领导，一荣俱荣，一损俱损。秘之善，领导幸；秘之恶，领导损。譬曰：一人欲入室，必先登堂，秘书即立于室堂间之门神也。小人欲结于处室之官，必先求秘。久之，秘非职也，系当当响之官也。

余睹李真之言之行，戏作“列传”，意欲作镜：一为众人镜，二为领导镜。

两只名鸟的身世调查

乌鸦和喜鹊同属鸦科，但一直以来境遇迥然。钻牛角尖的陆先生某一天忽发奇想追个究竟，遂有以下这份调查。

1、痕迹调查

从现存资料看，两鸟如何形成目前之境遇尚缺乏足够证明，但陆先生认为“鹊”有“喜”之光环要早于“鸦”被“乌”之恶名。

第一，《诗经》中有“鹊巢鸠占”的成语出处，这鸠虽非鸦，但足以说明鹊巢是个好东西，否则鸠占它巢干什么？

第二，从民间流传极广的“鹊桥”（七月七牛郎织女相会，鹊衔接成桥）的说法可以看出，那“鹊”似乎老早就以正面形象出现了。

第三，宋之问的《发端州初入西江》中有“破颜看鹊喜，拭泪听猿啼”；王仁裕《开元天宝遗事·灵鹊报喜》也描写了当时的场景：“时之人家，闻鹊声皆为喜兆，故谓灵鹊报喜。”如此说来，鹊之受宠在唐宋间已十分地被人认同。在这种理念的支持下，于是就给鹊涂上了一系列的光环：说人有好名声叫“声誉鹊起”；连文人骚客常用的词牌都沾“鹊”字边：鹊桥仙，鹊踏枝。

第四，“鸦”字虽加“乌”，但关于它的记载实在是少而又少。白居易《东南行一百韵》云：“绣面谁家婢，鸦头几岁奴”，“鸦头”即“丫头”，为何要写成“乌鸦”之“鸦”，大约也是因为“丫头”地位低贱之故。仅此而已。至于后来那英国人弄进来的毒品叫“鸦片”，则更使“鸦”雪上加霜。

2、身世研究

假想一：对待权贵的态度。话说某一天，某著名权贵为庆贺老年得子，特广邀宾朋，架势盛大。鸦和鹊也同时被邀。席间，好话成箱，恭维话成箩，特别是鹊，叽叽喳喳说尽好话，什么“看额头，前庭饱满，定是平步青云路，先登白玉堂”，什么“看眼睛，火眼金睛赛过孙大圣，坏人肯定无法逃生”，什么“看皮肤，雪里透白比过观音，富态赛过如来佛”；那富贵子闻此好话，突然大大地响响地放了一个屁，鹊见之，连忙又赞道：“依稀乎丝竹之声，仿佛乎麝香之气，闻之不胜馨香之至。”主人真是大悦，好好地把宾客们招待了一番。

且说那鸦，他是天生的直性子，直肠子，脑子拐不了弯。见大伙异口同声说奉承话，于心不忍，就说了一句真心话：这孩子要死的。不要说主人，那些宾客闻此言都大惊失色，这死鸦，什么话不好说，偏说“死”，虽然大家都知道这是条基本规律，但也不好这样直说啊。

不用说，那鸦被主人毫不客气地赶出家门，鸦的坏名声于是也传开了。

假想二：动物大会上的遭遇。某天，动物界召开N届代表大会。代表们分哺乳类、鸟类、爬行类、两栖类、鱼类、昆虫类、甲壳类等十大界别，鹊和鸦有幸被选为鸟类的列席代表。这次大会的中心议题是：整顿动物界的作风，端正思想，体恤下层，并开展批评与自我批评。谁都知道，这几年动物界的风气不太好，领导层狮子老虎不团结，中层狼狈狐搜刮民脂民膏，弄得下层狗猪牛苦不堪言。在小组讨论会上，列席代表鹊充分履行自己的职责，畅所欲言。鹊代表指出：我们和正式代表们一起听取了大会的报告，备受鼓舞，信心十足，干劲倍增；鹊代表还强调：我们认为这一次动物代表大会真正是开出了新的气象，对动物王国今后几十年的发展和建设具有里程碑式的意义；鹊代表再呼吁：我们希望通过这次大会，能使我们动物界彻底消除不平等现象，倡导动物界和睦相处，提倡上下级民主相待，以崭新的姿态迎接新世纪的到来。鹊的发言得到了代表们热烈的经久不息的掌声，也得到了动物界高层领导的充分肯定。据《动物日报》后来的报道说，鹊自此后被重用，并一直担任对外亲善的形象大使。

然而，鸦却难改本性，他知道这次大会的重要程度，于是他事先做了充分的精心的准备：走访了大量的下层群众，掌握了许多坏鸟及其他坏蛋们的犯罪证据，列举了亟须改进的几十个问题。因为有理有据，鸦的发言自然也有掌声，但只是稀稀拉拉的几下，这可怜的几掌都来自基层的代表。但鸦的发言仍然引起了很大的震荡，高层们非常不高兴，认为鸦是在给动物界的大好形势添乱，并将鸦在会议中散发的材料悉数收缴，同时大会主席团临时动议，取消鸦的列席代表资格，鸦在会议期间及回程的费用一概自理。自此后，鸦的名声前就加上了“乌”字，乌鸦成了世界上最不受欢迎的鸟。

据《动物王国导报》一位同情鸦遭遇的资深鸟记者透露，虽然鸦的智力颇高，虽然鸦工作也勤奋（捉虫子一点也不亚于其他鸟），但这些年来，鸦的境遇一直得不到改变。

附骥尾：这篇调查发表后，陆先生料定有两种反映：一是鸦们感到有人惦记着他们有些自慰；二即鹊们会大怒或不屑一顾：“瞧，瞧，这张乌鸦嘴！”

有人说，五花八门的世间事，其实不外乎两类：一类是没饭吃饿出来的，一类是吃饱了撑出来的。

我在报纸上看到阎连科谈他的一个中篇小说写作时的构思：一开头写春天来了，农村几个30多岁的男人在一块儿，商量做点什么事情，实在没事干，最后决定，咱们都回去把老婆打一顿吧。于是，所有的故事都从这里开始了。

是这几个男人吃饱了撑的？其实不是，是阎连科吃饱了撑的，作家们都是吃饱了撑的，因为他们现在吃饱了，并不表示以后会吃饱，于是现在吃饱了，就去瞎编了。

我也是吃饱了撑的，最近在研究“难倒科学家的七个问题”呢。

先说一下研究题目。

一、狗有幽默感吗？

二、生命是如何起源的？

三、一分钟前的我与现在一样吗?

四、心灵感应是无稽之谈吗?

五、时间到底是什么?

六、肥胖症为何日益增多?

七、人类能否长生不老?

下面一一说一下研究心得。

第一，我觉得狗有极强的幽默感。

春节时，写过一篇《气死的狗狗》小文，我想已经有足够的说服力，没有发表过，大家先睹为快吧：

T城。某对夫妻养有一宠物狗，非常地宝贝，整天抱进牵出，吃喝同桌，连睡觉也要放在身边。前些时间的某天，因为他们要去参加一个重要活动，不方便，只有忍痛不带。可狗狗死活不肯，一定要跟着，夫妻俩做了很长时间的思想工作，也没什么效果，狗狗就是要跟。后来，他们只能采取强制措施，把它关在家里。

第二天，夫妻俩回家后就发现情况有些不对劲，小畜牲不吃也不喝，傻傻的，他们知道这回它真的生气了，而且气得有些严重了。于是，夫妻俩又使出百般手段，哄，骗，诱，诺，统统的无效，小畜牲就是不肯原谅他们。

结果是，这条很讲原则很有骨气的狗，就这样活活地死掉了。

夫妻俩逢人便向人诉说，都是我们不好，我们家的狗狗被我们气死了，被我们活活气死了。

第二，生命起源有两说：一是上帝创造的；二是先有蛋才有鸡。如果上帝不能创造生命，那还叫什么上帝，不是说上帝是万能的吗？蛋和鸡的问题虽然长久得不出令人信服的结论，但先有鸡后有蛋肯定是胡扯，那鸡不是蛋孵出来的吗？

第三，一分钟前的我与现在的我肯定不一样。主要理论根据是：物质是运动的，运动就有变化，变化了那还会一样吗？没有大的区别，也有小的区别，只要有区别，就和一分钟前不一样了。比如，一分钟前，我买5注彩票，一分钟后，我中奖2000万，你说我还会是原来那个我吗？不可能的，绝对不可能的；比如，一分钟前，A还是个厅长，一分钟后，领导找他谈话了，他因年纪到点，或者他因某个问题被查，或者还有别的什么原因，总之，他不是厅长了，或者是一般的巡视员，或者被撤销职务，或者被绳之以法，这个不是厅长的A还会和是厅长的A一样吗？肯定不一样的，肯定大大地不一样。这样的比如可以列举到明天早晨甚至明天晚上甚至更久。

第四，这个问题我想用负方法研究一下，负方法就是不说有，只说没有。举一个例子。不久前一则报道描述了一对美国俄亥俄州的双胞胎，他们一出生就被不同的家庭收养，尽管40年间彼此从未见面，但他们在生活的方方面面竟有那么多的相似之处：兄弟俩都被取名为“詹姆士”；都在机械绘画和木工工艺方面具有天赋；两人都有过两次婚姻，他们的前妻都叫琳达，而现任妻子的名字又都是贝蒂；他们各有两个儿子，分别名叫詹姆士·艾伦和詹姆士·艾兰；此外，两家宠物狗的名字都叫“玩具”。

巧合肯定很多，但这样的巧合只是巧合吗？我想只能是心灵感应，他们才会娶同样名字的老婆，才会给儿子和宠物狗取同样的名字。

第五，这个问题比较复杂，爱因斯坦和霍金都有很好的研究，也参见我的研究长文《时间是神经纤维的伸张》，刊上海文艺出版社2009年出版的杂文集《病了的字母》，或者详见腾讯网、搜狐网拙文。

第六，肥胖症增多的原因，主要是人们太穷了。这个问题我已经在专栏《努力地吃出毛病》里有所论述，中心思想是，工作紧张，吃的又都是高脂肪食品，没有时间和金钱去锻炼身体，于是只好胖起来，日益地胖起来。中午人家请，晚上请人家，虽然现在酒驾查得很厉害，但一点也不妨碍吃，据说几百块的酒太一般了，现在上点档次的都喝什么大拉菲小拉菲，一瓶酒就是上万，我不能拿，吃点喝点还不行啊。一位有点级别的领导感叹说，真正喝下去也就算了，有些人喝到吐了，到洗手间漱漱口，擦把脸，回来再接再厉，真是作孽啊！如果大家都富起来，这个问题基本可以得到解决，自已的钱，会这么喝吗？还怕肥胖？

第七，人类肯定能长生不老。主要理由有两个：一是我们的先人对这个问题一直没有停止探索，已经积累了丰富的经验，也有不少成功的案例，比如彭祖，比如太上老君炼成的金丹。二是科学越来越发达，比如仿生，比如克隆，比如胚胎培养，都使我们长生不老能够得到真正有效的实现。

如果你的胃不小心吃坏了，简单，割掉；如果你的肝“脂肪”了，简单，割掉；如果你的心衰竭了，也简单，换掉；如果你的脑子不够用，也简单，升级。可以这么说，你身上所有的零件都可以换。试问，如果什么都可以换，人还会死吗？只要定期保养就行了，脑子换换芯片，就可以赶上时代，再也没有什么“60后”的父母和“80后90后”的孩子沟通问题了。

如果人都长生不老，那地球上人不是越来越多，最后挤不下吗？哈哈，这个你我都不用担心的，如果他真的活腻了，不想做人了，那就可以自动结束生命；另外，除了地球，还有很多别的球可以住人的，月球、火星，等等等等，从理论上说，像地球一样可以宜人的星球，我们的宇宙中至少有几亿颗。

有人说，人如果长生不老的话，那辈分啊家庭啊国家啊，都会出现问题的。我说，这个问题你更不用担心，那个时候，世界早就大同了，哪还有什么家啊国的。

以上研究如果能给你的生活添加一些茶余饭后的谈资，就说明我的工作没白做。如果硬要说我是吃饱了撑的，那就随便你了。

成人考试手册简编

考试是硬道理。时下社会考试繁多，各种证书满天飞扬。考试也分三六九等，从孩稚学童到古稀老人，从普通平民到高级官员，业余的，专业的，为了前途，为了仕途，都要考试。教育家研究考试类型，经济学家研究“考试经济”，陆先生则研究考试技巧。因篇幅有限，陆先生将技巧手册中成人类五条简编如下：

1、关于笔记。笔记一定要

记详细，若课没来得及上，则千方百计要弄到其他同学的笔记复印件；如果导师已经有专著之类，则要抽一定时间浏览大致内容。现在的学生社会阅历丰富，都显成熟，于是课程往往以研究性学习为主，快节奏，大容量，一本厚厚的教材就像压缩饼干一样，三五天“研究”完是常事。有了笔记，及格一般没有什么问题。

2、关于复习。成人考试复习要紧紧抓住两点：一是将教师的复习提纲仔细研究，通常情况，该门课的主要内容往往会被老师提示在几道甚至几十道题上；二是可以适当和课任教师套套近乎，甚至“友谊”一下，如此准备，考生就可无忧。反过来说，大家都通过，一则学校水平高，二来教师奖金丰。

3、关于论文。无论学士、硕士、博士，论文作法大致一样，认真一点的先详细占有材料，然后归纳论点一二三，要注意的是标题绝对要创新，要洋气，常用词如“构建”、“转型升级”、“给力”之类。另外文章结构架子要大，一二三四，甲乙丙丁，有提要，多分章，细引文，最好是一半中文，一半洋文，这样通过的可能性就大些，得到的分数就会高些。基础差的同学也不要着急，可以像王铭铭教授那样“借用”。当然，有“能力”的可以直接让秘书啊下级啊等等捉刀，只要巧妙，现在信息爆炸时代，一般不太会被人发现，谁会怀疑领导的能力呢？即使发现也不要紧，该拿的早拿了，该升的早升了。

4、关于“枪手”。一些潇洒的同学，因为公务繁忙，应酬繁多，拉下了不少功课，一些关键课目比如外语，要顺利通过考试的可能性就小些，但可以花代价找“枪手”，各种层次、各种类型的“枪手”都有明码标价，从三五千元到三五万元，甚至更多。至于找的细节因涉及有关法律问题，不便公布。前两天新华社公布的某职业“枪手”自曝的内幕，对急于找“枪手”的同学有极强的借鉴作用，有兴趣的不妨研读一下。

5、关于课堂考试。通常情况，极多的成人学校，总是注册的学生多，考试的考生多，而上课的学生则较少，原因不再重述。虽然可以补救，但课堂考试还是蛮重要的一关，这主要针对那些既没有工夫做笔记、复印笔记，也没有工夫研究老师提纲的同学，对这些同学来说，主要靠临场发挥。不过这也不用紧张，事先看一下哪位同学基础较好(以便坐在一起)，然后带足资料(这种考试十有八九都是开卷，不会有偏题、怪题)，然后你从容应答就是了。因为除特殊又特殊的情况，大部分的成人班还没听说过有人毕不了业的，此谓“宽进宽出”。

特别说明：上述技巧仅适用于成人考试或进修中的一小类。鉴于目前这一类比较红火，又比较实用，且是某些人仕途之必备，故特别刊登，但非通用版本，不适用其他类型的成人考试，读者千万不要搞混。

还有，洋文凭成人考试的程序和文凭取得，请重点参考唐骏先生西太平洋大学之实例。

『爱情保鲜药』使用小知识

尊敬的成年男女用户：

对于人类来说，生存的本身就是为了爱情，饭可以不吃，觉可以不睡，甚至命也可以不要，爱情则是万万不能少的。为使爱情专注、永久，摧毁“爱情新鲜18个月或36个月”之谬论，本着健康实际、靓丽高效、使用简便之原则，特推出72种型号之“爱情保鲜药”，如坚持不懈使用，或在关键时刻救急，它将为您的生活增十一分舒适，添二十二分温馨。

当你感觉相互间的吸力小了，请不要着急，按照下列症状检查一下，然后对症下药。

一、夜晚老是要“加夜班”。

二、家里电话或手机响后拎起对方不发声。

三、看电视模特走台比看老婆有趣。

四、双双逛街时男的眼睛常常走神。

五、常有这样无聊的问语（仅举女方设问为例）：假设，我和你妈同时落水，你先救谁？／你说我和你从前的女朋友有什么区别？／你一辈子只爱我一个吗？／你是不是还想着别的女人？／你哪有 ×× 的丈夫体贴人？／ ×× 的丈夫多有能耐！

六、至 n 种症状省略不举。

常用四味药使用简介如下（前面都要加上大类“爱情保鲜药”）：

时鲜液：永葆革命青春是很难的，但很多人又是永远的青春。婚前追求物质上的青春，婚后则要在精神上努力。淑女短时间极有可能成为大大咧咧的马大嫂，帅哥不久的将来也有胡子拉碴的危险。如果不是饥寒交迫，应该随时抹上一些时鲜液，它主要由一面人影不会变的镜子加一些恋爱时自我欣赏的感觉构成，价钱不贵，只是要加上好心情调理。

干燥粉：你不管我，我不管你；你要管我，我必管你。湿了的关系水气重，干燥剂正好用得上。这一款药主要是模糊、朦胧间来些距离感，就如那两个圆，不能重合，只能相交，且面积不能太大也不能太小，太大了就会貌合神离，太小了也会脱离轨道，按专家的估算，0. 618 为黄金相交。这相交以外部分则必须绝对保持干燥，干燥粉能帮你把握这个尺度。

浪漫膜：锅碗瓢盆，油盐酱醋，地板抹布，恋爱时的天天浪漫，时时浪漫，早已跑到爪哇国去了。老公老婆都变成饭，变成了日子平平淡淡。有一天，做丈夫的花不菲的价格买回一束鲜花要浪漫一下时，妻子嗔怪自作多情甚至还要骂花心，这样的事是经常发生的。这浪漫膜选取罗曼蒂克为主要原料，佐以能制造快乐的小悬念，价格十分便宜，但需要较高的技术水平。

阿Q丸：女人大多想找“四合一”的丈夫，既是无畏的英雄，又是浪漫的玩伴，既是真诚的朋友，又是忠实的爱人，但实在是凤毛麟角；男人要找完美的女人，既要美丽，又要年轻，既要善良，又要有钱，既要聪明，又要勤劳，也实在是寥若晨星。这一剂配方的主要药理是：夫妻双方都做“睁眼瞎”，对方的缺点视而不见，对方的优点用放大镜仔细欣赏。弱水三千我只取一瓢饮，老婆是自家的好，老公是自家的亲。

特别提醒：

以上药物有时可单用，大多数时候则要交替使用，比如抹了时鲜液还要尝阿Q丸，不然自我感觉特好就容易晕头转向，以致上错船、搭错车。套用、混用、连环用等注意事项不能搞错，否则要影响药物效果。本产品最终解释权属制造商，联系电话：6666146666

『人造处女膜』转让技术

说明：这是一份“窜”进我邮箱里的广告，我觉得蛮符合“实验文体”的，稍微删节了一下“据为己有”。若有作者投诉，稿费可归其所有。

尊敬的先生、小姐：

您好！感谢您抽出宝贵时间来阅读这封关于“人造处女膜生产技术转让”的信，读完此信，我们相信您及您的姐妹也许需要“人造处女膜”的帮助。

处女膜情结：因人类经历了一个漫长的以男子为中心的历史过程，以男子为主导的文化迄今仍主宰着这个世界的意识及行为。处女膜，这是千百年来男人魂牵梦萦的一片神奇境地。但因现代女子参与各项激烈的运动及婚前偷尝禁果等行为，无意或有意中使处女膜受到损坏、破裂。待那美妙洞房花烛时，苍白的一片抹去了红彤彤的喜气，给日后生活遗下了长长的阴影。

人造处女膜：人造处女膜的出现，解决了这一世纪难题，真乃“难言之隐，一试了之”，彻底解除了处女膜破裂的后顾之忧。

独特的成分：对人体无副作用的人工合成蛋白胶膨胀素，纯中药合成的血红基剂（自创纯中药配方）。

简单的使用方法：使用时，将手洗净擦干，取出人造处女膜，尽快置入，三至五分钟后行房，效果更佳。五分钟还您处女身。

优点：无手术、无打针、无吃药、无痛苦，方便、卫生，外用置入，便于携带。

适销对象：大酒店、大酒家、大饭店、宾馆、招待所、夜总会、歌舞厅等娱乐场所的女性；发廊、美容美发、足摩、理疗、按摩等娱乐场所的女性；承包医院开设整形美容科，手术修补处女膜的首选产品，是手术修复处女膜的更新换代产品，是处女膜破裂的最佳选择。

手术隐患：处女膜修补有疤痕，消毒不严，容易感染，费用高。

价格优势：目前，网上最高价 800 元，最低价 188 元，由于是自行研制，故收取生产技术转让费 100 元／名，实施区域市场授权转让，保证垄断经营。

投资者的最佳境界：

1、无需店面，市场前景广阔，高品位、零风险投资。

2、产品独具特色，深受女士喜爱，达到心理上平衡。

3、技术转让费低、制作简单，让您享受巨大的利润空间。

4、卖给她人使用的同时，也可本人使用。

设备要求：薄膜封口机一台，电子封塑机一台。

竭诚欢迎Email索取转让生产技术资料，谋求深层次的紧密合作。诚邀勇于开拓，敢于拼搏的有识之士，共同拓展具有巨大的市场开发潜力和广阔前景的“人造处女膜”市场，促进经济效益共同发展，共创美好明天。

某省某市贞德红保健用品

经销部

某年某月某日

电视剧《潘金莲》脚本改编的讨论

著名影视剧导演胡纠纠在接到新编历史剧《潘金莲》的拍摄任务后，非常不满意原剧本，立即召集他的智囊团重新策划，以下是讨论要点。

胡导：小潘的故事大家熟得很，如果按照原著拍，即使用再有名的演员，即使演员长得再漂亮，即使又漂亮演技又极高超，我断定弄不出什么名堂，因此，大家的思路一定要求异求新，反常一些才会卖座。

温柔斜阳：我看干脆将小潘跟武大的戏重新演绎一回，要像梁山伯与祝英台一样做：小潘是死心塌地爱武大，西门庆再三再四地引诱也没用；而武大在金莲的鼓励与培养下也很有出息，自学成才，先通过自考专科，再通过本科，又拿到了硕士，最后获得了烧饼学博士学位；并且，在烧饼学研究专业，武大绝对是权威，他的烧饼学论文在互联网上广泛传播，“阳谷牌烧饼”给他带来了丰厚的利润，据说，武大还被胡润的《福布斯排行榜》瞄上了，大约几年后就可荣登富人榜；更令人惊奇还在后头，现代医学发达，武大成功通过增高术，将“三寸丁”的帽子扔进了历史的垃圾堆里（身高 1 米 78），并且，脸的肤色也进行了大增白（这个手术相当简单，但效果远比迈克尔·杰克逊强），武大再也不是昔日的武大。如此如此，小潘还有什么理由红杏出墙？爱还爱不过来呢？建议剧名拟为《潘金莲与武大郎》，或者《潘金莲与武大郎将爱情进行到底》，再或者《潘金莲与武大郎的花样年华》。另外，由于武大的杰出优秀，武大的心理甚至有点不平衡了：西门庆不就是有钱，人长得漂亮吗？为什么吃的是白米饭，喝的是王八汤，孩子一个，老婆一大帮？于是武大的心思也开始活络了。当然这是续集的内容了。

黑心杀手：小温的思路太温柔。我是这样想的：小潘与武大、武二、西门庆都要有故事，而重点是与武二，因为这一点在原著中没有做足。要让小潘与武二有故事，必要的前提是：先随便让武大生一场乱七八糟的病，但这场病足以夺取武大的性命，而且武大在咽气前郑重地将小潘托付给武二，要他继承哥哥的遗志，娶了嫂嫂。另一个前提是：西门庆是一个儒商，为人谦和，知道武大的事后，无私地帮助小潘，小潘很感激，继而生情，但西门大官人是个正人君子，一点也不沾女色，同样也拒绝小潘的爱情。还有一点，也是最重要的，促使武二和小潘结合的障碍必须扫除，就是西门大官人到武大的老家，经过99次走访，101次查证，终于确定，武大和武二并不是亲兄弟，这武大原来是武二的父亲从外面捡来的弃儿。于是，武二也放下架子，终于和小潘成了好事。剧名拟为《潘金莲生命中的三个男人》，或《潘金莲百度爱》。

背后一刀：我看小温和小黑的创意也有欠缺的地方，他们完全从大男子主义出发，为什么不可以将小潘的形象塑造得高大一些完美一些呢？我的思路是：小潘是大户人家的下人出身，也就是说，她具有劳动人民的本色，聪明肯干好学。她被配给武大后，心里其实是很高兴的，因为终于有一个家了，终于可以自己作主了，还因为武大的忠厚老实处处体贴，她生活过得很充实，没几年，就为武大生下了好几个孩子。于是，碰到合适的土壤，她的聪明才智得到了充分的发挥。她先是盘下了王婆的茶馆，并24小时营业，由于她长得漂亮，网络上都称她为“茶馆西施”，引得四方茶客纷至沓来，生意相当不错。尔后慢慢有了积蓄，她便开起了阳谷县的第一家药铺，经营的虎鞭、虎骨之类都是用武二打来的老虎制作的，而且因为武二的打虎名声，许多地方的药材商都来采购，生意自然极为兴隆，于是连锁店一家接一家开出。还是因为武二的名气，这些店的治安也都非常好，一些小混混根本不敢来吃拿卡要。药生意的利润大家都知道的，现在的小潘是“中原潘氏药业无限总公司的董事长”、“阳谷县十大杰出青年”，同时还兼阳谷大学的客座经济学教授。因为当地重视女干部，因此小潘的政治前途也如日中天，传说已被列为下一届阳谷县县长的候选人。剧名拟为《红旗手潘金莲》，或《潘金莲的丰功伟业》。

胡导：真是不策划不知道，一策划吓一跳。这些创意每一个都可以造成轰动。我一定将精髓落实到剧情中去。我一定向投资商和制片人详细陈述大家的创意，争取加大投资力度，拍《潘金莲》系列，全球发行。

2001年初版，2011年再修订。因内容太丰富，十年跨度，只能挂一漏万。

1. 新鲜事

围脖｜雷人｜山寨｜哈达卷｜极品墓｜牛县长｜副班级干部
“革委会”公章｜网上叫卖“处女膜”｜超女｜打酱油

2. 稀奇事

合同一签两万年｜话费一收43亿｜60年车位一次收费｜处女嫖娼

3. 不小心

打的跌落几十只“红包”｜假干部混进省委组织部
抢劫犯成了武警战士｜M市长一身行头露贪相

“造假协会”送礼清单挖出贪官一大串｜小偷偷出了贪污犯

4. 新填空

将______进行到底｜______样年华

怀念____________｜看上去很______

第______次亲密接触｜______族

5. 新无奈

青天戏｜爱情公证｜亲子鉴定｜博导读博｜校园里的售套机

6. 新智慧

荤段子｜血库“喝血”｜洗衣机洗地瓜｜给“诸葛亮”发工资

一级演员4门课考28分｜320元卖掉万册扶贫书｜裸官｜忽悠

7. 新手段

性贿赂｜流氓治村｜私家侦探｜持枪“泡妞”

“小姐”竞争上岗｜“地下制片厂”请干部当主角

8. 新动向

名人出书｜干部追求高学历｜珠峰要建大酒店｜性商店紧挨美容院

9. 新动物

雅虎｜搜狐｜网虫｜大虾｜菜鸟｜炒鱿鱼｜蚁族｜橡皮人

犀利哥｜凤姐｜驴友｜古狗｜蒙牛｜周老虎｜三鹿

10. 新名词

蒜你狠｜豆你玩｜姜你军｜糖高宗｜油你涨｜苹什么

鸽你肉｜给力｜有木有｜小三｜牙防组｜负翁｜许三多

11. 新一语双关

苦逼｜悲催｜杯具｜沙发

12. 新的门

羊的门｜日记门｜艳照门｜代言门｜解说门

13. 新句子

你太有才了｜死了都要爱｜这个可以有｜很黄很暴力

我爸是李刚｜神马都是浮云｜鸭梨山大｜羡慕嫉妒恨

14. 新动作

顶｜拍砖

坚决把臭脚捧到底

在有些当权者眼里，文人根本不算什么，让你算什么就算什么，不让你算什么你根本就不算什么。纪晓岚同志大概自认为文名很大了，连皇帝也要尊重他的。哪想有一次不自量力的劝谏，弘历大怒：你他妈个老纪，我看你文学上还有一点成就，才给你一个官做，其实不过当作娼妓一样豢养罢了，你怎么敢议论国家大事！

所以，有才的文人如何混饭吃，如何生存，这是一门很深的学问。

先说温庭筠。该老兄和李商隐齐名，据说他的特点是写文章动作快，是又好又快的那种，一点也不亚于曹植、王勃什么的，“温八叉”啊，就是叉八下手，文章就做成了。因为快，于是读书或考试的时候经常为邻座代做文章，就像我们现在一些象棋神童搞的车轮大战，一人可以敌好多人。那时候，唐宣宗爱唱《菩萨蛮》词，大家都想拍马屁。有一天，丞相令狐绹找到温同学，吩咐他说：小温啊，咱也想去附和附和，你帮我弄一首呗，要质量高点的。还告诫温，千万不能透露，以后少不了他好处的。后来的一个场合，该温大概是酒喝高了，或者是炫耀，嘴巴管不住，把这个事情给漏出去了。从此，令狐宰相便疏远了他。想想看，领导让你代写，是看得起你啊，怎么如此不识抬举呢。以现在的眼光看，令狐先生真是大度得很，还没把温同学怎么样，要是他不大度，温不知要吃怎样的苦头呢，弄不好还要送掉性命。

温同学仍然不改他的性格，一直在江湖上混，还常写文章讽刺那些当官的没文化。有一天，碰到了微服私访的唐宣宗，但他有眼不识泰山。他很傲慢地追问宣宗：你是长史司马之流的大官吗？皇帝说不是；温又问：那你是六参簿尉之类的官吗？皇帝又说不是。当然，这样的结果我们是可以想象得出来的，皇帝把温同学贬到了方城尉，还在诏书中这样说：读书人应以器德为重，文章为末，你这样的人，品德不可取，文章再好也是弥补不上的。该温空有不羁之才，最后竟流落而死。

温做人真是很失败啊。这个失败一定是“被失败”，肯定有很多别的因素造成他的失败。但有人就是不吸取教训，于是就有更失败的，他就是大名鼎鼎的沈德潜。

在我看来，德潜先生也是个传奇人物。从年轻的时候就参加乡试，以坚忍不拔滴水穿石的精神，一直考了 17 次。乡试好像是三年一考吧，那也就是说他考了近半个世纪，不过，最终他迎来个夕阳红：67 岁的时候考中了进士。此后的十几年里，他终于见到了伯乐——乾隆。乾隆爱写诗也是无人可比，4 万多首，得出多少卷本啊。但许多人认为，有好些诗根本不是他自己写的，肯定有写作班子，其中纪晓岚啊沈德潜啊什么的就长期替他捉刀。

因为沈会做诗，于是皇帝给了他许许多多的荣誉，官至部长级。问题出在沈死后。乾隆疑心病很重，他想了，这个老沈，会不会把替我做的诗重新弄到他自己的书里呢，如果那样的话，我以后还怎么做人啊。果然，该沈的版权意识相当强，他在自己的书里，照样把为乾隆写的诗全部收进！乾隆采用间谍的手法从德潜后人手里搞到他的书，果然如此。哪还了得！我一个皇帝还治不了你吗？于是很轻易地找到两个借口：一，你贪图人家高额稿费，替“逆诗”作序，十恶不赦；二，你的诗集里居然有这么多的反动成分，其中《咏黑牡丹》劈头就说“夺朱非正色，异种也称王”，你想干什么！所有的荣誉一律追回。什么？人老早死了，那坟墓铲平！还好，乾隆还留了一点面子给他，没有掘尸鞭骨之类。

把温和沈的事联起来想一想，我还有以下两点体会。

第一，做人要厚道。你想想，人家该给你的都给你了，不是已经提拔你了吗？不是已经高稿酬了吗？而你却过河拆桥。你们这些文人啊，不就是会弄点文字吗？有什么了不起的！是不是你们认为，你的才很高，你的文无价，你觉得亏了？既然答应了，就不要再到外面说什么，说出去难道对你有什么好处？一点好处也没有啊，大家不是都这样干的吗？领导这么忙，你难道都要他亲自动手？领导也是人，他也要职称啊评奖啊升职啊，人之常情嘛。代写了，还到外面去说哪篇文章哪本书是你写的，这就太不厚道了。换谁谁都不高兴的。

第二，坚决把臭脚捧到底。捧不捧已经由不得你了，有的时候是不可能有什么尊严的，所以，要捧就捧到底。你还要什么版权啊。你是不是还想这样署名：弘历德潜著？这不等于告诉读者，排在第二第三位置的往往是真实的作者吗？弘历难道还贪图你这点虚名？真是笑话。所以，不要再存什么幻想，如果真能在史上留青名，那也是他留的，谁说当官的就写不出好文章呢？偏见，十足的偏见！

或曰：从本质上说，温和沈都是被侮辱和被蹂躏的，他们和底层的百姓命运一样，由不得自己，不捧臭脚，只是想存一点尊严吧。

才高七斗或八斗，但至少还有两斗以上是文章以外的事情呢。

看那孩子们的『崇低理想』

9月1日，央视二套搞了个全国性的“开学第一课”。看新闻时，自然注意到了孩子们的理想：我想当医生，为所有的人解除病痛。还有更多崇高的理想。引导这些孩子们理想的前提是，电视里请来了很多名人，这些都是成功的名人，让成功的名人讲述一下为祖国而读书而拼搏的故事，孩子们自然会有崇高的理想了。

孩子们的理想其实是很容易引导的，我不知道事先做节目时有没有被引导过，但我认为，这些孩子都是孩中精英，你就是不引导，在那种场合，他肯定会说出让大家都满意的崇高理想，虽然他也不清楚以后的理想是什么。

我曾亲耳听得一位大学生的家长这么说他孩子的理想：幼稚园的时候，理想远大而崇高的，什么都想做，什么都要做；小学的时候也有很伟大而崇高的理想，一定要做对国家有用的人；读初中时仍然对未来充满憧憬，还是不知天高地厚；念高中时，谈理想的时候就有些实在了，这个不做那个不做；现在读大学，几乎不太有理想，孩子也说，他们同学中能具体说出理想的几乎是凤毛麟角。

最近我连续看到几个关于孩子们的理想，我称之为“崇低理想”，“崇低”这个词是仿“崇高”杜撰的。

一孩子说，理想的念书程序是向他老爸学习，先当官后学文化。这孩子还说，这样可以节约很多时间和学费。因为他老爸的经历是，当了干部后，一个月学完高中课程；当了科长后，半年就大专毕业；当了处长后，只一年就拿到了本科文凭；当了局长后，又顶起了一个硕士头衔；现在计划两年内戴上博士帽，为了升任厅长。

无疑，这孩子的老爸很强，这样悟性高和强的人也是很少的，但他毕竟读出来了，尽管有人说这是真的假文凭，那又有什么关系呢，只要有关部门承认就行了，只要升迁管用就行了。一般的读书程序大家都可以想得到，从小学到大学，即使再聪明的人，也要花不少的精力，如果是硕士，那更要花些力气，如果是博士，我这辈子都不敢想的。虽然现在一个博导可以带 47 个博士，但对我这类人来说，还是比登天要难，我相信，大部分人都有这样的感觉。所以，这个孩子的理想，我认为有一定的可操作性，如果按照这样的程序，他可以把大量的精力花在玩啊什么上面，这样反而有利于孩子创造性思维的培养，拼命地玩，拼命地享受童趣，人家外国小孩不就是这样的吗？殊途同归，结果都是为了孩子的成材嘛。你说，一个人当到了处长厅长，又读出了硕士博士，多好的事啊，复合型人材，文武兼备，多一些这样的人，咱们国家不是大有希望吗？

另一孩子的理想是：长大了一定要当慈善家。

这个理想也是很有利于社会和谐的，有利于推动社会进步的。小孩子的小九九打得很好哎，做慈善的前提那一定要有很多的财富。有个财富如水观是这样说的：你有一碗水的时候自己喝，你有一桶水的时候一定要分一杯水给人喝，你有一河水的时候，那水就不是你自己的了，大家可以随意喝。小孩很明白这样的道理，他不管这水从哪里来，也许这水就像天上的雨水那样，自己会落下来，而且落的还是瓢泼大水，只要有水就行了，有水首先自己不会渴死，然后我还可以施舍给没有水的人喝。而给人水喝，那种感觉多好啊，拿着一调羹水一杯水，或者拎着一桶水，或者守着一河水，大喊，要水的人们啊，快来吧，快来吧，水边上，有许多的媒体，摄像机摄着，照相机拍着，电视在现场直播着，你说“余秋雨诈捐”？“章子怡诈捐”？什么？刚刚“成龙大哥也诈捐”？弄错了吧？答应做慈善为什么又不慈善了呢？不会的，一定是有人搞错了，要么是账号不对？

还有个孩子的理想是：想成为我们班的“班花”。这是一个充满稚气的小女孩，在沈阳某商场的“许愿墙”上写下的理想。

这个小女孩的志向很具有挑战性。从小就立志，不管什么志，有志总比没志好，而且这个志有许多可学可模的偶像。“班花”，这个班总有 50 来个人吧，即使一半女孩，人数也不少了，想想看，在这么多女孩中，自己如果能脱颖而出，那将是一件多么令人兴奋的事啊，如果成为“班花”，就有可能成为“校花”，就有可能成为“区花”，就有可能成为“市花”，就有可能成为“省花”，就有可能——那一定是很荣耀的事，成“花”后，各种机会绝对接踵而至。最美小姐。最靓小姐。旅游小姐。名模。代言。影视。名流。富豪。这些路就会很畅通，你说，人生最辉煌的是什么呢？不就是想开这样的“花”吗？读书那是非常辛苦的，你不要看那些女孩子成绩好，辛苦不说，还容易衰老，好不容易读成个博士，还不是变成“剩斗士”，有意思吗？

前面两个男孩子的理想，归结起来说，一是权，一是钱，后面这个女孩子则是利了。小家伙们多实在啊，小小年纪已经看透世界，这个世界不就是由权钱利组成的嘛？

或曰，陆春祥，你还是犯了只看现象不看本质的毛病，你认真地想一想，这些孩子的理想是怎么来的？是天上掉下来的吗？你还说他们是崇低理想，这也是崇高理想嘛。

崇高崇低，我现在没有工夫思考。现在的问题是，这些孩子的理想到底是怎么来的呢？还有前面讲过的，现在的大学生为什么就没有理想了呢？请读者一并帮我分析分析吧，我头疼了。拜托！

子路对孔子发牢骚说：老师，我们焦（虑），我们郁（闷），我们（忙）碌，还是觉得小时候在鲁国的幼儿园比较好混。

瞧瞧，这些大人们的理想多么现实啊！

礼物不是礼物

刘再复对李泽厚说，他在芝加哥大学听过德里达（美国哲学家）的一次演讲，两个小时就讲一个问题，礼物不是礼物。德里达是这样解构人们通常所称的“礼物”的：送礼物总是希望有所报偿，即换取另一种东西，他细致分析，反复论证，礼物实际上就不是礼物。（《读书》2010 年第 1 期，刘李对谈录）

把很简单的东西阐述得很深奥，那才是哲学家。因为在我们常人的眼里，礼物不是礼物，是已经老早就被证明了的。按一般人的理解，礼物不是礼物，至少有三个层面。

礼物不是礼物，它是情谊。第一个层面上的礼物，比较害羞，比较纯洁，要说它希望有报偿，那也只是为了增进和加强情谊。亲人间的礼物，它是一种无私，情人间的礼物，那是一种爱意（翻脸除外），幼稚园小宝宝间的礼物，就是一种童真。礼物虽然不是礼物，但基本上没有什么报偿要求，估计送礼物时也很少会想到要报偿。这个层面简单，就不去展开了。

礼物不是礼物，它是交换。第二个层面上的礼物，比较无奈，虽然有时兼有第一层面上的意思，但更多的是直截了当的交换。

前几天，在一个朋友的婚礼上，几个熟悉的人免不了要交流，其中一位老总说，这一个多月我已经参加了 12 场婚礼了，他还打趣讲，有 7 场是二婚。我们说，二婚有什么关系啊，今天有条新闻讲，俄罗斯国家杜马副议长就建议，一对夫妻没有小孩，如果男的婚外情有孩子了，应该把二奶扶正，省得孩子没父亲，据说梅德韦杰夫也在认真考虑。不管几次婚，叫你了，你总不能不来吧，来了总不能不送吧，送了总不能太寒酸吧。这个礼物报偿的目的是很明确的，这次我送你两千，希望下次能有比较高的回报，怎么的也要高过民间借贷的利息，总体上来说，是合算的，虽然大家都知道是亏本生意，也都很乐意做。

我结不了两次婚没关系，我有儿女要结婚啊，儿女错过了也没关系，我们可以有乔迁啊，升职啊，生日啊，满月啊，考上什么学校啊——这些都没有？那也没关系，我们家的老母猪最近产崽，二十几个呢，喜获丰收，那就给猪崽办个满月酒吧。这些也没有？那就办个生前告别酒吧，其实没别的意思，就是想看看，我死后有哪些人会来吊唁，省得两眼一闭，你们搞得再热闹，送得再多，我也不知道呢。

这个层面还有一个有趣的平衡定律（这其实不是我的发明），礼物和被礼物之间，一定是平衡的，如果交换失衡，就是说你送他，而你到了要他送你的时候他却没送，或者送得不对等，那么，所谓朋友间的友情就会大打折扣，甚至崩溃。

礼物不是礼物，它是交易。第三个层面上的礼物，报偿性很明确，我给你什么，我想要什么，礼物不是礼物，它是要报偿的，虽然报偿的方式不一样，但都赤裸裸，甚至有些张牙舞爪。

我想要工程。你不是管工程吗？我送你礼物。你很谨慎？没关系啊，我会通过公关公司，做得很隐蔽。隐蔽到什么程度？就是你伸手了，别人也捉不到，海外留学，基金会赞助，全额奖学金，毕业了，在国外还会有好的工作等着你孩子，总之，这一切都是你孩子努力的结果。你很高雅？没关系啊，我们就喜欢和高雅的人打交道，这样才有文化呢，字画，珠宝，古玩，都是些小玩意，不值几个钱。有次，一个老板和我讲，到东北办大事，送了两斤铁观音，半年后，碰到礼物的主人，问茶味道怎么样，主人讲，哎呀，不好意思，我老婆见新茶变陈茶，心血来潮拿去煮茶叶蛋了。这个老板真是心疼啊，那可是极品铁观音啊，每斤十万元呢。你很原则，这些都不要？那食色性也，人总要的吧。我知道你们这些人，事业很成功，感情很失败，乱搞你不敢，胡搞没品位，我找的这些美女可都是要才有才，要样有样，关键是年轻，谁都无法拒绝。当然了，除非你不举。

我想要升职。你不是有权吗？我送你礼物。我能力不够？现在要公开竞聘？那有什么。我会送礼啊。什么样的人我送什么样的礼，不同的季节我送不同的礼，一次不够我送两次三次直到 N 次，一年不够我送两年三年直到 N 年。由于我的坚持不懈，由于我的持之以恒，终于实现了人生目标。台阶上了，再送，台阶又上了，更要送。我在送人，人家也在送我，潜规则是一样的，大家都在遵守，很努力地遵守。以前这样，现在还是这样，有变化，可是礼物的本质却没有变化。“不跑不送，原地不动；只跑不送，平级调动；又跑又送，上级重用”，这个坊间长期流传的顺口溜不说它入木三分吧，但确有很多铁的事实可以比照。

礼物不在大小，关键在于技巧；礼物不分种类，关键在于合胃。如此，它的报偿性才会效益最大化。

礼物不是礼物，是不是所有的工程、升职或者别的什么，都必然这样，那肯定不会全都这样，这里面没有绝对的因果关系，否则就是以偏概全了。

当然了，礼物不是礼物，绝对不止以上三个层面。

声明一下，我不是哲学家，只是从社会学角度把平常的一些现象加以罗列，如果和德里达的命题南辕北辙，或者陆头不对德嘴，那只好请刘李两位大师和诸位读者原谅了。

陆老师是C大学的客座教授。昨天的讲课中，他用了互动的方法。互动的题目是：刘基在《郁离子》中说，有偷牛贼拿着锋利的钩子，系在八尺长的绳线上，他们钩住牛舌头而牵之，所有的牛都乖乖地跟着他们走。刘基还说，这种方法本来是古人制服小偷的方法，今天的人不再用，反而被偷牛贼用上了。

陆老师问：本寓言主旨很明确，就是做事情要抓住问题的关键，尽管是从反面来说的。我们今天如何理解刘基寓言的言外之义，请同学们结合实际谈感想。

A同学首先发言。老师，你不是写杂文的吗？我就说说这方面的事。我也很关注腐败问题。我会很仔细地读那些案件，那些案子有时一个比一个精彩，比小说好看多了。不是我以后要去搞腐败，我只是纳闷，有很多细节为什么都这么有创造性呢？比如文强把巨额现金藏到水塘里，亏他想得周全。有一次，我好奇地统计了一下，十个厅级官员，十个处级官员，百分之一百和钱有关系，百分之九十六和美色有关系。老师，是不是可以这样说，这个钱和色就是盗牛贼锋利的钩子呢？那些形形色色的行贿人，就是盗牛贼，他们抓住了牛的关键以牵引牛，所以，每每牵牛，总是成功，基本不会失手！

陆老师说，A 同学分析得很对哎。但是，我请大家根据他的思路再延伸一下：盗贼如何才能钩住牛的舌头呢？

B 同学马上说，我以为，盗贼一定是用什么东西去引诱牛吧。比如，他用一把鲜嫩的草，一把使所有的牛都垂涎欲滴的草，甚至带有些许盐味的草，而那草里却裹着钩，牛只要张口，就一定会上钩。

陆老师再问：那么，牛如何才能不被钩住呢？

同学们开始七嘴八舌一二三四说了很多，陆老师总结起来，大致有两条：一是牛要学会淡定。对除主人以外的人，一概的不放心，给什么都不动心，怎么引诱也不松嘴；二是主动出击，就是用脚踢，用尾甩，或嗷叫，或长哞，不让他靠近，连续警告盗贼。

陆老师见课堂活跃，于是再把话题引向深入。还有哪位同学再来说说另外的话题？

C 同学说，我是来进修的。他拿着一张提纲，显然是有备而来。他说，老师，我想就我们这次全省性的“满城尽断食用盐”的抢盐风说一下。

福岛的核事故，怎么会和我们的盐勾连起来了呢？事件虽然很快平息，但我认为，我们可以把这个抢盐风当成一个公共事件，而且，我坚定地认为，这个抢盐事件，若干年后，一定会成为著名的事件，因为有很多的教训可以吸取。如果从钩牛舌的角度看，有几点似乎已经很明确。第一，老百姓。普及科学知识，正确面对灾难，对新事物的接受程度，不盲目从众，这些环节都是牛舌。我昨晚刚刚看到一则电视新闻，一中年人晚上听说大家都在抢盐，他马上骑了自行车出去找盐，找一家，抢光了，再找一家，又抢光了，继续找一家，还是抢光了，他专心致志不断地找，在某街的转角处，不小心被一辆小货车撞倒了，脾脏割除，生命垂危。新闻补充说，那个小货车司机，也是出来找盐的，因为心急，开得快了些。第二，政府。和以往比，政府已经有一些积累的经验来对付这些公共突发事件，但还是远远不够，到了第三天，也就是说，所有店里的盐都抢光了，还是媒体主动联系盐业有关部门，他们才出来权威说话，好像是请他们出来似的，显然太迟了。从某种程度上讲，未雨绸缪的政府才是好政府，也就是说，什么事情都要有一些预见性，你要比一般的百姓想得多，看得远，这样你才能临事不乱。政府的牛舌，还没有很好地钩牢。如果没有真正地钩住牛舌，即使这一次处理好了，也是显得勉强，下一次什么事件又来了，也仍然是脚痛医脚。SARS 的时候，板蓝根不是一样疯抢嘛？你再比如，有人还说这次抢盐风是资本大鳄发动的，先弄风潮，再在资本市场上升抬和盐有关的个股，等大家跟进，他赚足后立即跑掉。

说到这里，陆老师也很激动，是啊是啊，我一开始就把它当做谣言来看待的，既是谣言，完全可以不理它。若干年前，我写过一篇叫《拉普拉普鱼》的文章，就是讲一则谣言是如何形成的。这个拉普拉普鱼就是菲律宾著名的石斑鱼，人人都爱吃，有一天，一艘大船发生海难事故，死了几千人。随后，有人在这种鱼的肚子里发现了很多腐烂的肢体残留，有人甚至发现鱼嘴里含着人的生殖器！这还了得！一传十十传百百传千千传万，大家都不敢吃了。后来政府调查得出真相：原来是鱼贩子生意太好，肉贩子想搞垮鱼贩子造谣引起的，根本没这回事。

陆老师继续补充：昨天我一同事说，有人下手早，抢到了15箱盐，据测算，这些盐可以够他们家吃87年了。

D同学马上接茬：微博上还有一帖子被广大“脖友”转发：“中国察尔汗盐湖的产量够全世界人吃1000年！”

E同学立即大喊：我刚刚看到网上盛传的一副对联：“上联是，日本人在核辐射中等待碘盐；下联为，中国人抢碘盐以等待核辐射。横批：无盐以对。”

停，停，停，大家说起盐来停不住了，陆老师向同学们连连拱手抱拳：要下课了，以后论以后论。

对于这堂牵牛课，陆老师还比较满意。牛是次要的，牵是主要的，牛是客观存在，牵是主观行为；主要的离开次要的，不会成功，主观没有客观配合，同样不会成功。

牵牛记，牵或不牵，官事件取决于牛，盐风潮取决于牵。

力第二

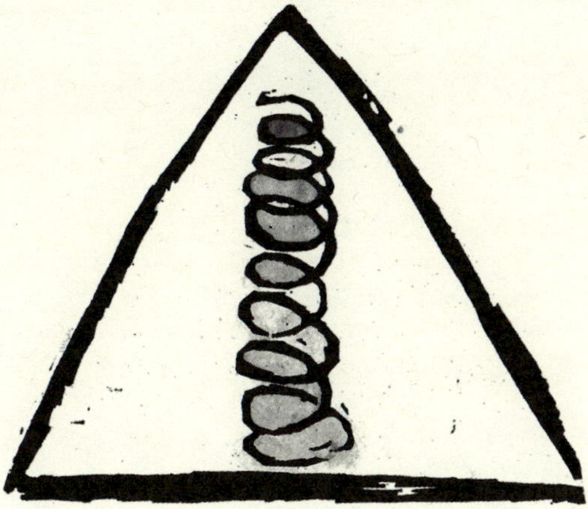

会做思想工作的短信

[事由]

Z先生来电：我碰到一件又好气又好笑的事情。上周五我的手机被偷了，我不服气，不断发短信做小偷的思想工作，结果，今天小偷给我电话，同意还给我，还真的在社区的垃圾箱里找到了。（原载《×××报》某年某月某日）

实验文体作者陆春祥推测报道：Z先生的手机是在下班回家坐公交车时被小偷“借”走的。当晚因回家较迟且又没有打电话，于是直到第二天早上才发现手机丢了。Z 先生是很着急的，这有两个原因：一是手机新买不久，且价钱不菲，款式新颖，喜欢得很；二是手机号码用了近十年，亲朋好友烂熟于心，再要换个号码，联系起来是十二分的不方便。着急得很的 Z 先生于是不停地打自己的手机，试探对方的反应。

在关机几小时后，终于通了，但对方没吭声。Z 先生急中生智：你不吭声，不要紧，只要你开机，我就有办法。于是他开始了自己拿手的短信发送。

Z：这个手机是我不小心掉的，这个号码对我很重要，我愿意用 1000 块钱把它换回来。请你考虑。

T：长时间不作声。（对方权且称为 T）

Z：有人说你是小偷，我严肃地批评了他们，怎么能这样呢？怎么能人家做了什么就说人家是什么呢？

T：看起来你蛮有修养的。你怎么这么不小心？看来你很有钱，1000 块，不少了，号码有什么重要的？换换很方便的。这个号码是不是专门给情人或小姐的？

Z：不要开玩笑，我是个很正经的人。

T：不要心虚啊，我说过你不正经了吗？而且正经不正经也不是凭你自己说说的。有的人很正经，有的人很不正经；有的人看起来正经，实际是很不正经；有的人看起来不正经，实际上蛮正经。

Z：言归正传。不还我也不要紧，这个手机绝对卖不了 1000 块的，但你的人格就值这点钱吗？

T：人格很值钱吗？有的人值钱，有的人就不值钱；有的人表面值钱，实际上一点也不值钱；有的被人认为一钱不值的，实际上是很值钱的。

Z：（经过短暂的交锋，已经知道对方是个很刁钻的主儿）兄弟，我们都是工薪阶层，你有什么困难说一声，我会帮你的。卡里的话费你要用先用，用完后把手机还给我。

T：我先跟你说个事，我以前一只比你还要好的手机也曾丢过，那是我花了大半年的心血买来的。我怎么没有你这么好的运气啊？

Z：（一看有希望，对方已经有还的意思了，但千万要镇静）什么意思？我不小心丢了手机难道还是好运气？

T：笨蛋，我是说我怎么碰不到像我这样好的人啊？人家为什么不给我发短信啊？

Z：（喜出望外，欲擒故纵）兄弟，这只手机我不要了，送给你用，里面的 SIM 卡请寄还给我，谁叫我碰上你这么好的兄弟啊。如果你愿意交我这个朋友，就请按这个地址寄，这是详细姓名单位邮编。

这时的 Z 先生一遍遍地发短信，极其耐心，因为他知道在做一项开创性的工作，假如成功了，真是乐趣无穷的。重要的在过程，不在结果。

T：好了，今天算我心情好，你掉的手机我还你。这样吧，你下午六点十分到 ×× 社区，大门口有一绿色垃圾箱，那里会有一只黑色垃圾袋，里面有你的手机。

Z：兄弟，真的谢谢你，我们能不能交个朋友，对你这种拾金不昧的高尚风格我是十分的钦佩。

T：别玩花招了。我没有这么高尚，我有我做人的准则。记住，你若告诉警察，就是自断后路，我不会傻到在现场让你抓住的。再声明一句，我是做好事，避免不必要的误会。

［结果］

1、Z先生在T指定的地方很顺利地找到了手机，完好无损，话费也没少，除去发短信所用的费用。

2、Z第一天傍晚丢手机，第二天傍晚拿到手机，第三天傍晚领到了本城最著名新闻热线提供的500元报料费，第四天傍晚领到了联通公司奖励的谁都知道，这几年动物界的风气不太好，领导层狮子老虎不团结，中层狼狈狐搜刮民脂民膏，弄得下层狗们猪们牛们苦不堪言。

——《两只名鸟的身世调查》

1000元话费卡。

3、新闻和联通部门认为，给出比较高的报料费和话费卡，是因为这种会做政治思想工作的短信有它的普适性和广泛性，而且使联通短信知名度大大提高。

贺下不贺上

兼贺我的A友B友C友体面下台

我亲爱的敬爱的朋友，A友B友C友，祝贺你们从一线岗位光荣而顺利地下台，真心和真诚地祝贺。

这样来祝贺你们，是不是有点不合时宜？是不是有点幸灾乐祸？我知道，肯定有人这样想。但我不这么想，我要祝贺你们下台，我的祝贺理由大致有三：

其一，无官真的会一身轻。我完全能体会你们工作的忙碌，这个忙不是一般的忙，忙得你们不仅身苦，心更苦，不仅身累，心更累。有那么多的会要开，有人说，百分之二的你们把百分之九十八的会都开了，我不知道有没有这么严重，但肯定够呛。有那么多的事要处理，有些事不是那么好处理的，比如上访啊，比如招商引资啊，都很头疼。你能禁止得了别人上访？简直不可能，现在是条条大道通省城、通北京；你能把招商引资搞得很好？也是不太可能，各地都在招商引资，全民都在招商引资，哪有这么多的商可招？所以有的时候你们动作过火点，任务压重点，成绩掺水点，都是正常的，这些事要弄坏你们多少脑细胞啊！而且现在都是一把手负总责，你们都是一把手，什么事都要你们拍板，别人拍了也没用，什么事都要你们亲自参与，不参与就显得不重要，责任可见有多大多重了。还有，比以上工作更复杂的各种关系要处理，和上面的关系，和下面的关系，和同级部门的关系，关系的关系，简直是谜一样的关系。现在好了，这些事情基本和你们无关，你们真的可以解放了。

其二，你们顺利下台是洁身自好的良好结果。你们在不同的岗位，担任着不同的领导职务，有厅，有处，有科，尽管权力有大小，但都是重要的岗位，你们能够顺利到达下台的彼岸，其实很不简单。就说A吧，一个县的建设部门领导，这可是个高风险岗位呢，你这么多年，把事情做得这么圆满，简直可以说是完美。有一次，你的几个部下出事情，我真的很为你担心呢？你愣是没事，我想，现在的纪检委可是火眼金睛，你如果真有事，你就不会没事，现在看来，我的担心是多余的，因为你平安到点，你什么事也没有，真的很好。再说B吧，重点国企的领导。你那个单位，效益非常好，社会上很是吃香，求你要进的人都要磕破头，你愣是把住关口，据说每次招聘你都是亲力亲为，为的是防止下属趟浑水。有一段时间，我曾听到不少风言风语，说你热爱女性，而且比较喜欢提拔漂亮的女性，这是对你的大不敬嘛，你完全是从工作出发的，为什么不可以多提拔女干部？领导开会为什么不可以带女秘书？都什么年代了，还那么老观念，怎么能做好工作呢？

所以，B 你能光荣下台，而没有被这些流言蜚语击败，说明你是个正直而磊落的人，什么事也没有，想想看，如果你生活作风有问题，组织上能容得了你吗？就是组织没看到，那么女人的老公啊老爸啊什么的也不能容你，绝不能容你怀里抱着下一代的。

其三，你们下台下得很彻底。你们没有去活动活动想要再发挥余热，这一点我更要祝贺。不要认为单位离不开你，你看看，现在人家不是干得很好吗？比你还有思路呢。如果你还没有完全想开，总认为你的思路还要继续，有很多工作还没有干完，更想什么青史留名，你这一任，为这个地方的百姓做出了足够让他们对你感恩戴德的功绩。你如果这样想了，你会越来越难受的，你会看不惯下一任的做法，怎么能这样做呢？明明是不对的嘛，怎么还把我原来的具有科学的论证、国际的想法都推翻了呢？原来那些下属怎么会这样对我呢？这些人不是我提拔的吗？所以，要退就退得彻底，不要拖泥带水的，省得难受。A 啊 B 啊 C 啊，你们可以趁现在还不是很老，给自己找点事做，给自己一点空间。没有爱好没关系，从头开始来啊，A 兄可以帮人家搞搞设计啊，你不是工程系毕业的吗？B 哥啊，你在职的时候不是经常到各地做讲座吗？我觉得这种爱好可以坚持下去，可以赚些碎银，还可以到处走走，一举多得。C 长啊，你不是园艺高手吗？再不怎么的，你家那阳台也可以打扮打扮的。

哥哥们，都给我挺起胸来，现在是顺利下台，不是人走茶凉，不要那么苦大仇深似的，搞得自卑样。你们可以脱冠佩，访林泉，累石以邀月；可以牛马走，出臭汗，享天伦之乐。

高处何如低处好，下台还比上台难！再一次祝贺我的 A 友 B 友 C 友，以及和你们同时下台和即将下台一定要下台的兄弟姐妹们！

『确认武大郎祖籍』的申请报告

一、河北省清河县人民政府的报告

国家旅游局：

鉴于目前武大郎祖籍问题谣言四起，给我县灿烂发展的旅游事业蒙上了不小的阴影，事实上也造成了一定的损失。为正本清源，廓清人们的模糊认识，也为还历史的本来面目，经县委县政府慎重研究，今特向国家旅游局报告，要求重新确认武大郎的祖籍，主要理由如下：

第一，有中国古典名著《水浒传》为证。该书第二十三回柴进向宋江明确介绍武松为“清河县人氏”。经不完全统计，该书提到武松为清河人氏的不下十处，这足以说明，在梁山众好汉的心目中，大家一致认为武松是清河人。而毋庸置疑的是，“武大与武松是一母所生的两个”，这是施耐庵和罗贯中说的，这也是几百年来人们口耳相传的。

第二，有考古实物为证。在清河文物馆中，专门开设了武大分馆和武二分馆。经过多年的发掘整理，武大馆文物已相当丰富，不仅有武大小时候睡过的小床，站过的立桶，还有他带领武二习武时自制的木棍、土朴刀，更有武家开炊饼铺时留下的擀面杖、蒸笼及武大用过的扁担，穿过的草鞋。

第三，有武氏家谱为证。武姓至今还是清河大姓，现今发现的武氏家谱中，在“威武堂”一支中有关于武大、武二及后人的记载。武氏后人曾有多人做过将军、偏将军、左将军、右将军等武职。

第四，清河的武氏旅游开发已形成庞大产业。武氏草堂作为龙头，每年要接待几十万海内外游客，且被上级有关部门列为“爱国主义教育基地”，许多学生都被武大勤劳善良的本质所感染。由此延伸出的相关产业也已相当发达，比如“武松体育学院”明年就要招本科生；比如“武大郎商业学院”的“炊饼制造专业”已经酝酿招研究生。

以上报告句句属实，恳请国家旅游局派专人来我县考核验收，并正式授予我县为“武大郎祖籍”地，以使清河的武大郎牌子越打越响，走向全国，走向世界。

河北省清河县人民政府

公元某年某月某日

二、山东省阳谷县人民政府的报告

国家旅游局：

鉴于目前武大郎祖籍问题谣言四起，给我县正在发展的旅游事业蒙上了不小的阴影，事实上也造成了一定的损失。为正本清源，廓清人们的模糊认识，也为还历史的本来面目，经县委县政府慎重研究，今特向国家旅游局报告，要求重新确认武大郎的祖籍，主要理由如下：

第一，有中国古典名著《水浒传》为证。该书第二十三回“景阳冈武松打虎”家喻户晓，而景阳冈就在阳谷县地面；武松打虎有功，县长慧眼识俊，提拔武松做了公安局长，自此后，武松的名声才大振。武大和武二都因此而受惠于阳谷，双双入了阳谷籍。按惯例，武大就算是正宗的阳谷人了。而且，我们都及时将他们兄弟两人作为特殊人才引进，其中武大还享受政府专家津贴。

第二，还是《水浒传》为证。武大为何离开清河？皆因清河的社会治安差。一是清河人见武大生得短矮，就给他起了个诨名“三寸丁谷树皮”，谁受得了这般无情的嘲弄？二是武大自娶了娇妻金莲后，清河的浮浪子弟就天天嘲笑武大“癞蛤蟆吃天鹅肉”，武大不得不背井离乡到我们阳谷落户。并且，武大的炊饼生意也是在我们阳谷才旺起来的。我们还给予了众多优惠的招商引资政策，使他的生意迅速壮大。

第三，权威专家的考据证明。一是阳谷县志曾载武大的父亲是阳谷人氏，后来因娶亲（倒插门）迁居清河，儿子就是再有名，他难道就不是阳谷人？二是距阳谷县城50里的地方还发现了武大祖父葬母的黄泥冈。这充分证明武大的根在阳谷。

第四，阳谷景阳冈旅游、武氏炊饼业制造老早就是本县闻名中外的支柱产业了。景阳冈影视拍摄基地已成功摄制国内多部大型影视；炊饼的制造量已达到全世界人均1.5只；我们还成立了颇具特色的“武氏研究会”，研究成果已走在世界前列（因国际尚无此类研究会，故国内前列就是世界前列）；投资兴建了高达500尺的武大铜像和直径100尺的钢炊饼。

以上报告句句属实，恳请国家旅游局派专人来我县考核验收，并正式授予我县为“武大郎祖籍”地，以使阳谷的武大郎牌子越打越响，走向全国，走向世界。

山东省阳谷县人民政府

公元某年某月某日

（以上报告纯属虚构，如有雷同，本人概不负责。）

乐氏点子公司自推出《八个经济增长点》后，一石激起千层浪，电话、来信咨询者甚觉不过瘾，皆要求方案具体可操作。经慎重研究，现将连锁之取名公司部分文案告示如下，以谢广大之关心者。

公司宗旨：新奇易记且能助你成功。如陈港生经本公司包装取名成龙后，果然大红大紫成了一条龙。

取名类别：

1、街路名。综观我国之街路，解放、八一、光明之类多些，有特色的嫌少。为增添人文味，体现中华民族之特色，各地在建文化名城名镇名街的同时应充分挖掘中国深厚的文化资源，如以古今各类褒义或中性名人作街路名（为防“中山”类重复，可采用申请注册制）。不要怕街路多，我们泱泱几千年的名人取之不尽，甚至作品中涉及的事件、形象及地名也可用，如孔融街和让梨路可并行，李白路跟汪伦弄、杜牧街与阿房巷都可相交。据不完全测算，各地自产的名人基本上够用。那些老外只要一踏上中国国土，就会感受到浓烈的中国文化味，不要怕他们弄不明白，让他们晕头转向方能体现我中华文化之博大精深。

2、商标商品名。因经济

发展飞速，每天都会有大量的不同的商标商品问世，但只要仔细观察，大多数都成了过眼云烟，这其中原因也与取名有关。三种方法可常用。夸张：王子牌、洲洋海公司、联邦巨星集团、环球接月托拉斯等，但要注意分寸；仿借：六粮液→八粮液（八比六多肯定好），IBM→TNND（汉字第一个字拼音），标特发→beautiful（译音译义），这一类找准相似点后成功的可能性较大；延伸：大蓝鹰→大蓝鹰回味有点酸（从服装到矿泉水），毛台→大糊涂神（名酒喝了难得糊涂，新酒也就产生了）。

3、人名类。这一类最常用。综合取名心理，撇开常见方法，以下两种效果应追求。A、易记。取名就怕重复，喊一声陈洁、王建华，两个人同时站起来的事是经常发生的。本公司建议：男性要力避“明国文华德建志永林成军平福荣生海金忠伟玉光祥强清春庆宝新东光”30个常用字，女性也应力绕“英秀玉华珍兰芳丽淑桂凤素梅美玲红春云琴惠霞金萍荣清燕小艳文娟”30个频率最高的人名用字。这一类的关键是充分做姓和名之间的文章，不要怕人笑话，让人久久不忘即行。如钱多多、陆超游、苏西坡、易拉克、乔治布什等。B、象形。该类要求打破常规思维，别出心裁。如刘姓双胞胎儿子取刘b和刘d（bd形体相似，就像兄弟俩的长相），如2LA（第二个女儿，LA之类可以跟家族或父母有关），毕必A（一定要争取第一）等，这样一般不会有重名现象，可类推。

4、笔名网名类。我国上网用户早就已经过亿，发表文章、上网聊天就需要这类假名，用假名反而能说些真话。稿子发不发表，能否打动对方，名字也是很要紧的。地理方位：南极走、珠峰倩影、黄土搞坡、北斗野狼、艾斯基摸人。古为今用：野渡有人、白发一千、老李飞刀、楚留臭、普罗谷修斯。信手拈来：男牛、鱼上树、星级兵馆、三流子的哥哥、快乐的子弹。短语句子：I 服了 you、穿袜子洗脚先生、美梦如今成真之祥子、第九个是金像、海飞丝之长年用户小鹿。这一类追求的是新奇，越新越奇越好。

本公司告诫："黄泉路"之类绝对不能有，就是已经存在也要尽快改掉。取名学问蛮深奥，几个关键要记牢，千万不可搬硬套，以上示例供参考。

胡博导韩博导

大约55年前的某天，适之先生和唐德刚谈到了哥伦比亚大学。适之先生这样叙说他的读书成果：1915年9月进哥大哲学系研究部，一共读了两年，1917年的夏季，就考过了论文的最后口试。两年时间，他在哥大就完成了哲学博士学位的一切必需课程和作业了。

适之先生的意思已经很明白，这个博士，他两年就拿到了。

然而，胡适的学位问题还是引起了广泛争议。唐德刚就专门到哥大查过，胡适是哥大1927年的哲学博士。

为什么相差10年时间？

唐德刚向我们这样解释哥大有关博士学位的考试制度。

哥大规定，研究生修毕规定学分后，还要考试一道笔试，一道口试，一门欧洲语，门门及格，才算“博士候选人”。然后有资格做论文了。论文完毕，再来一道“防卫口试”，这关比较容易。这关过后，便有“三栏”或“三柱”三种结果：第一柱，“小修通过”，通过后由主任论文导师监督，小事修改就成了；第二柱，“大修通过”，通过后，要另组考试委员会监督大加修改，这是件极麻烦的事，论文大修之后，还要回校参加补考；第三柱，“不通过”，十年之功，废于一旦，不许补考，博士告吹。

而且，哥大当年的博士论文，一定要出版成书，上交学校一百本，才算有正式学位。所以不论你考的小修还是大修，至少要一年半以后才算真博士。

到这里就清楚了，胡先生估计是论文迟交的原因。当然，这是题外话，不是他做不出论文，适之先生的博士论文，就是后来我们看到的大名鼎鼎的《中国哲学史大纲》上卷雏形。

我最感兴趣是唐先生给我们提供的当时美国读博士一些资料：

美国人一般不太愿意念博士，主要是辛苦（这个我知道的，我儿子陆地同学早就宣称，不读博士，尤其不读美国博士）。常青藤学校里正统学科的博士极其难读。按《时代》杂志的统计，1957 年以前的博士学位 9 年读完，算是快的；12 年算是中等；16 年不算慢！

我的天，真要读 16 年？！唐德刚举了他的亡友卢飞白先生的例子。这个卢先生不是笨读不出来，他联大毕业后，考得庚款留美，习西洋文学，当时与何炳棣、杨振宁算是鼎足而三，中英文造诣极深，就是这样一位才子，他的博士就读了 16 年以上。

美国人也在与时俱进。去年，我一同事的女儿，极其优秀，据说 GRE 考得全球排名第 500 位，最后录取的全是美国的常青藤，她选择了哈佛，硕博连读，据说至少 5 年以上，7 年也很正常。据说极其极其地忙碌。

有次聚会，一官员给我名片，肃然起敬，因为名片上不仅有职务，还有两个字是“博士”。于是我充满敬意和羡慕地问起了他读的大学和导师。听他的口气，这个博士是他在职读出来的。于是就很理所当然地说，那你外语应该是一等的，我想，再怎么走关系，外语总要全国考的吧。他脸很红的样子说，一般一般。后来，我从别人嘴里略为知道一点这位官员的历史，从很基层做起，大概也就是专科生，不知怎么的就一步一步很进步了，不仅官做得好，书也读得好，官而优则博，真让人佩服。

我有几位同学现在也是博

士生导师了。这个是我一辈子的梦想呢。我的梦想就是当个大学教授。我问一同学博导，你们带博士，一次带几个呢？他说，三个五个都有，还有十几个的呢？我听说有个“牛博导”，曾经一次带过硕士博士达70多人。博士要读几年呢？两三年吧。博士读点什么呢？做论文啊，再就是帮我们做科研啊。有毕不了业的博士吗？我这里没有，干嘛为难人家啊。论文答辩不是由你一人说了算，你怎么可以保证？这有什么关系？我的学生请人家做答辩委员，人家的学生下次也要请我去做答辩委员的，这叫有来有往嘛。如果你不让人家通过，下次谁还敢请你做答辩委员啊，只要论文能做完，基本上都会毕业的。听说你还兼着很多职务呢？是啊，这个代表那个委员，平时我太忙了。这个同学不仅博导得好，官也做得好，博而优则官，也让人佩服。

刚看到“最牛博士”的新闻。这则专家读博消息是这样说的，63岁的语言学家、北师大教授周流溪先生，著作等身，自己也是博导，他却拜在国内音韵、训诂学界的权威，80多岁高龄的四川大学博导赵振铎门下，干什么呢？读赵先生的博士啊。

撇开博士情结，周流溪读博士应该是真正博学的内心需求。他和16年博士卢飞白先生，都是我极其崇敬的。

百度一下，“中国目前有多少博士”？答案是：目前我国博士已有35万人，在校博士生超过13万人，仅次于美国和德国，2010年，我国博士生培养规模将位居世界第一。我们拥有博士授权资格的高校超过310所，美国只有253所。

1200 多年前，唐朝博士生导师韩愈先生，收了个很年轻的博士生李蟠，这个小鬼很好学啊，于是韩先生就写了《师说》送给小李子。在这千古名篇中，韩先生谆谆教导小李：虽然你六艺经传皆通习之，但还要努力，孔圣人都要师郯子苌弘师襄老聃呢。你以后也要去“传道授业解惑”的，记牢为师的话，我们做博士生导师的，一定要传授道理，讲授学业，解答疑难问题，对学生负责！

韩博导还很有预见地说：1200 年后，博士生一定蔚为可观，像我这样的博导也是一抓一把。你看，你看，一个姓陆的布衣是这样仿我的：

嗟乎！博士速成疾矣！欲人之无惑也难矣！先前之博士，其出人也远矣，犹且博而学焉；今之博士，其下博士亦远矣，几成“不是”。是故博益博，不益不。博士之所以为博士，“不是”之所以为“不是”，其皆出于此乎！

讥之？不，哂之。

宅的书

宅的书，不是关于房屋的书，也不是房屋里的书房。宅的书，是房屋说明书，就是说，我买了房，就像买其他商品一样，厂家应该给我一份说明书的。可是，厂家给我一份《某某住宅使用说明书》，是这个小区的，是针对所有住户的。

我很不满意，怎么都是不允许这个不允许那个？怎么没有我宅的详细说明书？于是，我很急，很急很急，房屋怎么能没有说明书呢？这难道是世界难题？

其实，房屋是有说明书的，还很精致。我随便在今天报纸里一翻，就看到了一份从信箱里塞进来的房屋说明书。你看，这个位置示意图，越画越艺术，仿佛毗邻江湖、山川，仔细一瞧，相差几十里路呢；都说地铁房，一算，还有五公里；人工挖了一个大坑，就敢说湖景房。非常的天花乱坠，非常的渐迷人眼。然而，肯定会有不少人冲着这样的说明书去看房，继而订房的。也许他们根本不知道还有宅的书。

那么，我的宅希望有一份什么样的说明书呢？

我想，我的宅是我一辈子的希望，一辈子的积蓄所在，它至少应该和治病救人的药书地位同等。

于是，仿一味普通的药，宅的书设想如下。

名称：__________。

面积：本屋面积为__________。

附面积小知识：商品房销售面积＝套内建筑面积＋分摊的公用建筑面积；套内建筑面积＝套内使用面积＋套内墙体面积＋阳台建筑面积；分摊的公用建筑面积＝公共走廊＋门厅＋楼梯间＋电梯间＋候梯厅等。

结构：本屋为砖混结构 / 钢筋混凝土结构。水泥标号为______，钢筋标号为__________，符合国家标准。

绿地率：40%。

容积率：2。

日照间距：1.7H（H为前排住宅檐口和后排住宅底层窗台的高差）。

住宅设备：本屋为毛坯/精装，所有设备均为国标、省标。

物业管理：本屋由__________全权物业管理，每平方物业费用__________。

禁忌：室内禁用爆炸物（煤气瓶或管道煤气除外）、禁明火（煤气灶、打火机、蜡烛除外）等。其余尚不明确。

不良反应：尚不明确。

房屋设计建造原理：本屋结合建筑学基本原理、堪舆学基本原理、地球引力原理设计建造，详情请咨询建筑设计师、开发商、监理工程师。

特别注意事项：

如果地震，它的安全度为9度。本屋已从场地选择、地基处理、结构构造、体型设计、建筑材料、施工质量等各个环节保证。

如果火烧，19层及19层以上的普遍住宅耐火等级为一级；10层至18层的普通住宅耐火等级不低于二级。发现着火时应沉着冷静，不要慌张，用湿毛巾捂嘴和鼻，从楼道中跑，不要拥挤。

一般注意事项：

如果暴雨，门窗会进雨，窗台会积水，墙面会渗漏，顶层会湿透并可能伴有轻微漏水现象。

隔音。本宅卧室、起居室的允许噪声级白天小于50分贝，夜间小于或等于40分贝。上下层之间的隔音效果为5米，楼与楼之间的隔音效果为 8 米，晚 10 时至凌晨 6 时，传音效果达 30 至 50 米，请注意保密。

下水管道一般可用 6 年，过期后注意及时更换。

玻璃保质年限为 N 年，过期后裂纹、爆裂、脱落均为正常现象。

外墙立面一般使用年份 10 年，过期后瓷砖褪色、破裂、脱落现象正常。

阳台栏杆为铸铁，保锈期为 1 年左右，过期应及时刷漆。

车库为低洼处，暴雨时应将车泊于地面高位，若车被淹，不在保险公司理赔范围内。

楼道电梯的使用年限一般为 5 至 8 年，过期则常有突然停止、突然下坠、门紧闭等等现象，请注意防范。

9、整个房屋使用年限，钢筋混凝土结构 60 年 / 砖混结构 50 年，均在国家允许范围内，请放心居住。

批准文号：__________。

执行标准：__________。

我们郑重和庄重承诺，本宅产品均持证生产，它们是《国有土地使用权证》、《建设用地规划许可证》、《建设工程规划许可证》、《建设工程施工许可证》、《商品房销售预售许可证》；质量均按国家《住宅质量保证书》、《住宅使用说明书》执行。

说明书制订日期、生产企业、企业地址、邮政编码、电话号码、传真号码、网址、免费咨询电话省略。

特别说明：如有问题，可与生产企业联系。

特别奉送精美《住宅知识大全》上下册。希望业主认真努力学习，不断提高水平，你的宅如果你自己都不爱护，那么别人是无法爱护你的宅的，而且，新宅很快会变成旧宅、破宅，大大缩水之宅。

生活永远美好，我们永远热爱生活。

以我全部的宅知识，我只能罗列如此了。如果能对正在购或即将购或预备购的读者有些许参考或提醒，那真是太高兴了！

『孙悟空老家』教案

在孙悟空老家（权且这样称呼）一所小学的网站上，我发现了某老师这样一个创新教案。涉及的具体地名都用 ×× 代替。

标题：孙悟空的老家——花果山

一、课题的提出：

孙悟空的老家在哪里，一直是个谜，从来没解开。现在就让我们解开这个谜。

二、课题：

孙悟空的老家为什么在花果山？

三、研究方法：

实地考察、查找资料

四、考证结果

1、《西游记》的作者吴承恩的老家在花果山据考证，吴承恩的老家在××，后来迁到××，我们××州在明代就属于××府。吴承恩的老师胡连就是××州人，所以从写孙悟空的作者来看，孙悟空的老家，是在××州。

2、《西游记》的写作地点是在××

据史料记载，《西游记》是在××写的，吴承恩的墨迹曾在××州发现。吴承恩曾在××山写作另一篇神话《禹鼎志》，有一天他喝醉了，来了一群猴子，把他的书稿全撕碎了。等到他醒来猴子还对他挤眉弄眼，又笑又闹，猴子这一举动让吴承恩对猴子产生了浓厚的兴趣，从而塑造了孙悟空的形象。所以孙悟空的原型在花果山。

3、《西游记》的创作背景是花果山

在今天，花果山上的许多景点都是与《西游记》的故事紧密关联的。比如水帘洞、猴王石、七十二洞、狮子山、竹节岭、南天门、老君堂、美人松等都与《西游记》中的景点相符。

4、花果山上的风景点有《西游记》的人物形象

当你快到猴嘴的时候，远远就可以看到猴嘴的山头上有一座半身的石猴，上部尖嘴瘦腮，酷似猴头，面北端坐，背后与峰顶裂开一条缝，像一个活灵活现的猴。猴嘴东边不远的地方叫沙河口，山坡上有一块大石，肩挑对担，吃力攀山，这是沙僧石；在明代××佛塔的遗址上，往南山看去有一块突起的石头，头顶一顶小僧帽，小眼睛眯缝着，大耳朵搭拉着，正在草丛中呼呼大睡，这是八戒石；在灵官殿的平台上可以看到山崖上有一个唐僧的石像，披着袈裟，戴着僧帽，脖子上挂

着一串佛珠，这是唐僧。

五、结论

因为某领导人说过“花果山、水帘洞就在新××市”，而新××市就是××市的前身，所以我认为孙悟空的老家在××××市花果山。

不得不佩服这位小学教师的钻研精神以及热爱家乡的精神，他就是想用扎实的事例、严密的逻辑来驳倒关于孙悟空是印度人、山西人、甘肃人、福建人、河南人、山东人（以及以后还会有什么新发现）的观点，孙悟空他就是咱这地方的人，你想改变也改变不了。

我想帮这个有创新精神的老师再提供13则现阶段立论的辅助研究材料，这些材料均是现在而今眼目下见诸媒体的：

1、苏轼本是个好色男人。

2、梁山108将里有43位是孬种。

3、孔子确是一条彻头彻尾的丧家狗。

4、曹操是一位女扮男装的巾帼英雄。

5、诸葛亮是中国历史上最虚伪的男人。

6、柳下惠坐怀不乱，其实他身患阳萎。

7、大禹三过家门不入是因为有了婚外情。

8、王母娘娘其实是青海湖一带游牧部落的女酋长。

9、李白整个儿就是一吃软饭、打群架、混黑道的“古惑仔”。

10、耶稣确有此人，他就是中国上古时期“五帝”之一的颛顼。

11、雍正确是被杀，刺杀

英雄乃是李自成与陈圆圆的后人陈小小。

12、李清照这位宋代女词人不但是位赌棍、酒鬼，还是大大的一个色女。

13、张飞是曹操的侄女婿。

研究归研究，推广还是最重要的。今年不知从什么时候起，在央视新闻频道“朝闻天下”的时段里，我每天清晨都在半梦半醒中听好几遍“孙悟空的老家花果山——”的广告，这样的形象广告一定是政府出钱做的。那个地方的政府有眼光啊，花果山到处都是，可是孙悟空呆过的花果山只有一个，难怪小学老师要作这样的论证。从这个角度讲，孙悟空家乡的概念在当地估计已经非常深入人心了。悟空这么有名的人，不抓不行，你看看，周边抢名人都抢邪了呢。

东胜神州，傲来国，花果山，你知道在哪里吗？反正我不知道，即使你论证了一大堆，我还是不知道，因为我不想知道。我虽然不知道，却喜欢那那猴子在花果山的自由自在：行走跳跃，食草木，饮涧泉，采山花，觅树果。这才是真正的生活，由性到了极致。

至于曹操是不是女的，柳下惠有没有阳萎，大禹有没有婚外情，李清照色不色，听听笑笑就是了，用不着做成教案的。

蝜蝂今传

题记：不久前读了《稽查局长借税敛财》的长篇报道，近日教陆地同学读柳宗元的《蝜蝂传》，颇觉相似，遂依河东原文叙述部分括注之。

蝜蝂者，善负小虫也。河南灵宝地税局原副局长卫建设，在任期间，索取、收受他人财物数百万元，其中仅1997年，他的存款竟高达300多万元。行遇物，辄持取，昂其首负之。卫建设当科长时就制定了“先查后补”、“高查低补”、“组查科定”三项基本原则，将税款裁决权牢牢抓在自己手中，纳税户多送多免，少送少免，不送不免。他当上副局长后，便将当地“富豪”一一列入索贿的“黑名单”。一顺口溜最能证明：不怕工商不怕检查，就怕“卫税官”的宝马（轿车）；不怕公安不怕狗娃（指流氓），最怕“卫税官”的号码（电话）。

背愈重，虽困剧不止也。卫建设除借税敛财、巧取豪夺外，还趁病打劫：1994年11月，他得了尿毒症，不仅换肾成功，还白捞了40万元，因为他从会诊、确诊到手术再到康复，总要打电话通知个体户“陪同”，个体户的任务是“包吃、包住、包买单”。

其背甚涩……又好上高，极其力不已。卫建设明目张胆敲诈，也怕有人举报，他还想继续升官，于是就不断地包装自己：在纪委《领导干部廉洁自律主要情况自报表》里，22项表格，全都是清清白白的“无”。另外，他组建了以本单位职工为主的演唱团，设立了《稽查局长》的保留节目，节目说的是一稽查局长因勤奋工作，积劳成疾，不幸身染重病而无钱就医的感人故事，催人泪下。据说，卫税官就是生活原型。至坠地死。1998年4月23日，一边正上演《稽查局长》，检察官一边在清点卫税官的家产：14家银行存款51笔共490万元，1997年简直是日进万金。1999年3月8日，三门峡市中级人民法院判处其死缓，没收财产20万元，没收受贿、巨额财产来源不明、非法所得款485万，及价值17.9万元元的赃物。

陆子曰：卫建设只是众多蝜蝂中之一粒。这种善负小虫最后终于摔死了，为什么？简言之有两条：一是见东西就拿，贪得无厌；二为拼命往高爬，至死不悟。唯愿今之大大小小为官者，以卫建设为戒，勿一味取物舍生。

猪妈妈告状

公元2001年3月中旬的某一天，浙江天台有一头400多斤重的猪妈妈一口气生下了21个小宝宝。主人非常高兴，连忙告知传播信息的媒体，媒体却把握不准，又连忙请教专家，专家肯定地指出，通常猪妈妈一胎最多产14至16只，21只罕见，这就如同人生四胎、五胎样稀奇。于是，报纸不仅发了文字详情介绍，还将猪妈妈快乐自豪又慈祥的倩照登出。光荣的猪妈妈就这样诞生了。一时轰动。

正当这头猪妈妈沉浸在光荣的喜悦中时，历史上另两头也被称为光荣猪外婆和猪妈妈的不高兴了。两封检举信同时寄到了报社。

一封是黑龙江阿城县的猪外婆写的。信中说，1958年1月5日，我经过114天孕期，产下14个孩子，第三天，饲养员就给我配种，我实在没有性趣，她就把我和孩子隔离，将种猪赶到我宿舍和我调情，不到一天，我也熬不牢了，第二胎产下12个。此后第三天，饲养员故伎重施给我配种，同时又给第一胎生的9个“女儿”配种，结果，我生第三胎时，孩子们也生下72个“外孙”，于是一年中，我们母女共生产112个。这“一猪百仔”的经验迅速在哈尔滨全市推广。这位“外婆”在信末还特别加了反问句：我马不停蹄地生产，难道不比一胎21只光荣？

另一封信是山东诸城县的光荣猪妈妈寄来的。这位猪妈妈对天台猪获得如此高的荣誉简直不屑一顾：1960年3月11日21时至12日1时30分，我一胎产仔61个，一过秤，小家伙共重80多斤，平均1斤3两多。产后我食欲很好，孩子个个健壮。你问我的体重？210斤。为什么生这么多？告诉你诀窍：饲养员给我配种时，选用本地种公猪9头、外地种公猪2头多次交配，61个，那什么吉尼盗贼用一把鲜嫩的草，一把使所有的牛都垂涎欲滴的草，甚至带有些许盐味的草，而那草里却裹着钩，牛只要张口，就一定会上钩。

——《牵牛记》

斯都傻了吧。

报社收到信后非常重视，但记者编辑都说是东方夜谭，根本不相信，于是就去档案馆查资料。费时几日，遍查资料无果。一位馆员提醒说，当时的报纸会不会有记载？结果还真在权威报纸上查到了以上说法的白字黑字。因为年代特殊，大家也就将信将疑。报社领导经慎重研究，认为天台猪妈妈的积极性要保护，但又不能让它太骄傲，于是决定将检举信复印一份寄上供其戒骄戒躁用。

猪官司自然引起了众多媒体的关注。不过这回媒体倒心齐，一致这样评论：生多生少事小，求是原则事大。天台猪妈妈的免费辩护律师经过大量的走访调查取证，成竹在胸，此事还得到了一些科学家的权威声援。

法庭控辩双方激烈舌战搁下不表。第二天，各大媒体都报道了这场官司的全过程，其中专家及其他权威论断主要摘录如下：114天孕期，45天左右断奶期，断奶后一周能怀孕，12个小时发情期内可适当复配（和两只种猪交配有提高产胎率的可能）……

不用说，天台猪妈妈赢了官司，它仍会在一段时间内保持光荣称号，但猪官司引起的涟漪却荡漾了很久。

牛行长钓『金龟』

［剧情简介］山东某地，警官、法官、工商干部、公证人员与银行行长沆瀣一气、狼狈为奸，共同上演了一出骗取国有资金的闹剧。

［幕启］（正末扮牛行长上，云）下官牛叉，工行行长是也。本官一无学历，二无资历，然年方三十又五即升任行长，不久又被命为副县级干部，人说我是春风正得意。（正末唱）

［正宫］［端正好］千里来做官，为了吃和穿。当官不发财，请我也不来。（正末云）上级银行要核销贷款，骗取国有资金有空子可钻，只是此事一家不好办，还要请公安、法院、工商来帮忙。（拍脑袋恍然大悟科）哎呀呀，凭咱牛行长的关系，此事也不难办。团结你我他，共同吃国家。容我找他们一一把量商。

（牛打电话找城里派出所所长鱼某）鱼所长，咱俩是老乡，行里有困难，请你帮帮忙，出了事情我们担。（所长因欠着情分，遂指使内勤给工行开了 29 份假死亡、假失踪证明。）（正末唱）

［得胜令］活人变作死魂灵，初战告捷假证开。一个两个许多个，不尽财源滚滚来。

（牛接着找到县法院执行庭庭长许某）（牛云）许大庭长，我行需要几份“终结执行裁定书”。（徐掂出了分量云）我得提两个条件：女儿进银行工作；给法庭买七千元的办公桌椅。（牛又宴请许，觥筹交错中，将三十份盖有法院公章的“终结执行裁定书”送给了牛。）（正末唱）

［混江龙］不给好处不办事，给了好处就办事。人为财死，鸟为食亡。天平两端也任我量。

（牛又到县工商局找章局长，要“企业申请注销登记注册书”）（牛云）章局长，一个核销款，动辄几十万，我们是为本县经济发展筹粮饷。（章

局长点头称是，大笔一挥作签字同意科）（正末唱）

［贺新郎］条条关系已打通，钓得“金龟”不费功，骗它三十笔，赚它三百万。

（检察官上，新闻发布云）牛叉等滥用职权、舞弊造假，以处理呆账名义核销贷款，给国家造成290万元的经济损失。另据查明，牛在工行设的“小金库”高达1358万。牛常用公款带妻携子到各名胜地游山玩水，甚至去加拿大等国旅游。

（幕徐闭）（陆子独白）三百六十五项骗术中，牛行长的骗术并不高明，但为何一路绿灯？究其因，一方面是牛的职位、权力、关系，另一方面即是有些人或为蝇头小利、或碍于情面而铸成大错。执法者知法犯法不仅可恶也可悲，可恶的是为虎作伥，可悲的乃视法如儿戏。还有一项也不得不问，那给牛叉吹得一帆风顺的“风”是怎么刮起来的。前车覆，后车诫，牛行长的骗剧虽已揭穿，但有不少骗剧或许正在演绎着。是剧，总有落幕的时候。

（幕闭题目现）

众朋友胡帮忙，齐进牢房；

牛行长钓“金龟”，人龟并擒。

知陆先生正在写“实验文体”，有常泡餐馆及走南闯北之朋友提供了以下一些新鲜菜名，陆先生将其一一谐解，供大家一起“品尝”，权且一哂。

母子相会——黄豆炒黄豆芽。先把母亲炖烂了，如果母子一起炖，那端上来的“子”就会不见踪影。“煮豆燃豆萁，豆在釜中泣”，这是不是另一种母子相会？如果是，这种“母子相会”真是太残酷了。

相亲相爱——猪拱嘴。一猪拱嘴肯定做不到“相亲相爱”，两猪拱嘴那是猪生活太苦太累想找猪打架。怎样能相亲相爱？把猪嘴去毛、煮熟，然后加调料，在大饭店或小餐馆里来上一盘，当你的嘴对着猪的嘴在享受时，这就叫“相亲相爱”。

吃里扒外——土豆丝。以前总是用“土豆烧牛肉”来形容“共产主义”，如果这个命题能成立的话，那是不是说“共产主义”也“吃里扒外”？因为只要把土豆块切一下就成土豆丝了，一点也不麻烦的。如果是因为土豆长在土里的缘故，那长在土里的又岂止是土豆？

一国两制——煮花生米加炸花生米。此类东西是很多的，如把一条鱼一面红烧，另一面来个清蒸，就是“一碗两制”；这样的事情也是很多的，男女同学在一张桌子中间划条线（不懂事的居多，早发育的求之不得），楚汉分明，就是典型的“一国两制”。当然，闹得不可开交的夫妇睡同一张床的“一国两制”也够典型的。

波黑战争——菠菜炒黑木耳。以此类推，八（巴）哥烧猪胰子可叫“巴以和平”；布什打萨达姆可叫“菩(布)萨斗”。

悄悄话——猪舌头炒猪耳

朵。舌头说（准确点应该称嘴巴），耳朵听，于是就完成了交际或沟通，至于哪只舌头说，哪只嘴巴听，舌头怎么说，嘴巴怎么听，就有许多的讲究了，“悄悄话”就是世上许多是是非非的重大根源之一。如此说来，这只菜的味道是注定不会太好的。

绝代双娇——青辣椒炒红辣椒。这恐怕是杜撰，两椒一起烧就成了“双娇”？还不如称“姐妹会”或“兄弟会”算了。不过换一种思路倒蛮有趣，“铜雀春深锁二乔”，大乔和小乔，一个魏，一个吴，斗起来就精彩了，就像两椒相炒，红的辣，青的也辣，味道够浓的。

迟来的爱——泡菜。甜滋滋，酸滋滋，吃多了就败了胃口。有段名民谣里也有这样的菜名：五十开始才学坏，嘴里唱着“迟来的爱”，怀里搂着下一代。难听归难听，这样的事情还是在不断地发生着。

红灯区——辣子鸡块。吃得，说得，做不得，当然是“红灯区”里的事情做不得。红辣椒炒鸡块，又有“红”，又有“鸡”（妓），加上时下非常流行的“黄段子”作氛围营造，“红灯区”作菜名那是十分自然的事，这也算某些人的“口淫”吧。

包二奶——一层鲜奶内裹馅子，外包面包渣等油炸而成。此菜构成原理同上，有“奶”，再加上二包：名词“面包渣”和动词“包”，实际上是名副其实的“包二奶”，不过准确地讲应该叫“二包奶”。有人叫我猜一物谜，我猜不出，谜面是“胸罩”，谜底是什么？

中国足球——臭豆腐炖猪蹄。这个菜名是最能表达国人恨铁不成钢心情的。臭豆腐是中国特色，很明显是取其前一字“臭”；我们太想中国足球能好好地为中国人争一回光了，就像我们大部分人比较喜欢啃红烧猪蹄一样（减肥的及有病不宜食的除外），自然取其“脚”。两两相加，于是两种平时不太放在一起的菜，就成了部分国人的发泄。不过，臭豆腐闻着臭，吃着香，但中国足球却是闻着臭，吃着也臭，于是只好干脆不吃。

心太软——红枣中嵌一颗糯米。心里有事就会放不下，放不下就会心里有事，如此循环往复，因此也就有了心太软。

限于篇幅，尚有许多生动丰富令人喷饭之菜名不能解释，甚为遗憾。于是只好将其串起，模拟一场景：在某“一国两制”的“红灯区”里，一对“相亲相爱”的“母子（正在）相会”，他们一边看着“中国足球”，一边说着“悄悄话”，母亲教训儿子说：瞧瞧你的“包二奶”，一个嫌不够，还要什么“绝代双娇”，你以为这是“迟来的爱”啊，届时她们肯定要“吃里扒外”，发生“波黑战争”的，希望你能及时醒悟，再也不要“心太软”了。

陆先生为弘扬祖国的传统文化，这几天正在为小陆学生“填鸭”恶补四书五经之类的古籍。为使课上得生动有趣，小陆爱听，陆先生是绞尽脑汁插科打诨，东拉西扯贴近生活。现撷取《论语》数则谐解如下。

学而时习之，不亦说乎？

为了一句话、一段文字、一篇文章而经常去回味，这是相当烦人嚼蜡的事情，深思熟虑三百秒钟，实在想不出高兴的理由。实话告诉你，你老爸我当年高考，虽然数学只考了8.8分，我其他考得好啊，还不是照样考进中文系！居住在《三重门》里的韩寒就是典型，你看他现在要多火有多火啊。死捧一本书经常读反复读，不仅考不了高分，就连最蹩脚的学校也不要你，你还能“悦（说）乎”？现在是信息时代，知识爆炸，吃过肚饥，考过忘记。因此，这句话应这样讲才实用：

学而时题（名词作动词，多做题目多得分）之，真正乐乎。

知之为知之，不知为不知，是知也。

有些事情你知道了要装做不知道。比如领导要你写材料，你在初稿里要多埋几个天真的无知，让领导来点破，然后你装做恍然大悟的样子佩服得很，于是他就觉得你谦虚可造就。有些事情则是不知道要装做知道，比如你在下级众多的场合里发言，可以用一些自己虽然云里雾里但却簇簇新的名词（不要求掌握，说得出即可）去“吓”他们，这样他们就不会小瞧你。知道就是知道，不知道就是不知道，脑筋介不会转弯，其实并不是真正的知道。

朽木不可雕也。

这也是老观点了。腐朽是

可以化为神奇的。就事论事讲，现在市场上价钱高的木制艺术品，有许多就是用朽木雕成的，抽象的前卫的朦胧的，什么也不像的，才是真正的艺术。从用人观点看，也不符合辩证法，那些虽无所长看似朽木的“木”，但会钻空子抓机遇，于是就成了“大树”，成了“材”，尽管最终烂了腐了，你却不能说它不可雕。故朽木是可以雕的，要看你怎么雕，什么人来雕。

三人行，必有我师焉。

这要具体分析。比如前面三个人走着，左边是傻瓜，右边是白痴，中间这位却是天才，天才当然可以做你的老师，然而他却保守自私，你怎么谦虚他都不肯教，因为他深知教会徒弟就有饿死自己之虞。怎么办？还不如向傻瓜白痴们学习，他们也有长处的，可学习他们那种无忧无虑的生活方式和真诚的待人心境。

君子不以言举人，不以人废言。

以言举人的事是经常发生的。“言”的内涵可稍微再引申，既可以是言论，又可以是口才，还可以是马屁之类，这方面有特长了，就可能得到提拔甚至重用，“三寸不烂之舌”这个成语大约就是这样产生的。以人废言的事也是经常发生的。你有良好的见解，你有蛮好的主意，你还有精辟的理论，但你就是不得赏识，于是你就言轻，废你的言也是自然而然的事了。这老夫子实在有些天真，君子的要求其实是很高的。

人无远虑，必有近忧。

这一句也显得有些武断。如今社会，健康第一，忧虑不仅破坏人的情绪，对人的身体也是大大的不利。人无远虑，这很好，不一定要多子才多福，老话讲，有子万事足，无官一身轻，况且我们还有足够的养老保险及其他退休金可以应付；无远虑也不等于有近忧，比如像你，一直生活在我们温暖的怀抱里，以后找工作我们比你急，找对象我们比你操心，有了家庭你仍然可以天天吃我们的“大户”，实在没有什么可忧的。反过来，人有远虑就一定有近忧，好像也不太符合逻辑，如前述，假若一辈子忧虑，这人活着还有啥意思呢？

小陆学生听了大陆先生的一番教诲，真是越来越糊涂，惊讶地问：怎么这简单的道理，解析起来却如此复杂？陆先生不禁叹息：孺子不可教也。

病例报告

前两天和好友Z医生闲聊，他谈及一古怪病例，我觉得蛮发噱，现凭记忆将其写出供大家一笑。

病人主诉症状：做决定困难。

早上起床：就是将昨晚脱下的衣服重新穿在身上。这是一件很难决定的事情。

快到起床时间，他就开始在思想上作激烈的斗争，斗争来斗争去，目的只是起床。

他首先想到：昨晚没睡好。像他这样年纪的人，一般要有足够的八小时睡眠，昨晚显然打了折扣，主要是因为第二天天气要冷了，穿什么衣服决定不下来，从而影响了睡眠。没睡好怎么能起床呢？医生说了，睡眠不足是个大问题，而且是个很严重很严重的问题，这个问题是一点也忽视不得的。再说了，因为睡眠不好，即使勉强起床，勉强去上班，上班时也会打不起精神，说不定会捅大娄子的。

他其次想到：今天要做什么工作还没有完全计划好。老人家说了，不打无准备之仗，也就是说什么东西都要未雨绸缪，准备充分就是成功的一半。没有计划好也是有原因的，因为昨天在结束前一项工作时，本来很圆满的，没想到，最后因一个小小的细节被领导说了一下，这个细节真是太小了，小到可以忽略不计，但偏偏被领导看出来了，因此也就把心情搞得很坏，于是就把今天的工作给耽搁了，这也是昨晚没睡好的另外一个原因。

这样想来想去，差不多就中午了。如果不是肚皮在催他，他仍然会想出其三、其四来的。

怎样去上班：就是如何到达上班地点。这又是一个很严峻的问题。

他第一想到：选择何种形式的交通工具。骑自行车？太累，也不安全，现在的人骑自行车不太讲规则，有些简直横冲直撞，前几天就亲眼看见两辆车因争道而被大货车撞了个人仰马翻；打的？太贵，早晚也难打，也不安全，现在的出租车是东串串西串串，极容易出事情，上次就有报道说有出租车在他经常经过的立交桥上闯祸，坐在驾驶员旁的乘客当场撞得稀巴烂；乘公交车？太慢又太挤，也不能保证时间，上星期自己就有亲身经历，满满一车子人，开到一半，抛锚了，弄得上不上，下不下，最后派了另一辆公交来接替才到达目的地；走路？好是好，安全也安全，但不卫生，人来车往，路上扬起的灰尘，吸进鼻孔，绝对没有什么益处。开车？车都没有买呢，有什么好开的？再说，就是有车了，他的证还没有考出来呢？而且，这个路简直不允许再增加车了。对他来说，开车是非常遥远的事情。

他第二想到：我们这个城市要是有地铁出行就会方便多了，可惜现在正在建设中。老早就说要通了，要通了，据说还要再等上两年。地铁通了，难道就解决一切问题了吗？好像也不是，首都有地铁，可是首都还是成了“首堵”。

他第三想到：要是有专车就不会有这种情况了，可惜他只是一个小职员，级别远远没有达到配专车。更不好的消息是，现在有不少单位都车改了，也就是说你不论做多大的官，都没有车配了。不敢再想了。

他第四想到：要是有公务飞机也蛮不错的，可是——简直就是幻想！

这样想来想去，最后他恰巧碰到了一个熟人，那人恰巧开着一辆拉货车，驾驶室里恰巧有一个空位，拉货的方向也恰巧是他的工作地，于是他就毫不费力地、极省心地、愉快地到达了单位。

怎样吃中饭：饮食事关生命的存在。这更是个一点儿也忽视不得的问题。

关于菜：主要有两点，一营养，二质量。现在人们生活条件好了，但同样毛病也多了，权威专家指出，有许多毛病是吃出来的，因此，高蛋白的要少吃，高脂肪的也要少吃，油腻、油炸的更要少吃或不吃。光注意以上这些还远远不够，还必须关注菜的污染问题：农药，甚至剧毒农药，激素，甚至过量激素；还有大量肉眼看不见的寄生虫；还有死猪做的香肠，死鸡做的烤鸡，死鸭做的烤鸭，硫黄浸的水产，等等等等，这些方面不管牢是要出大问题的。

关于饭：光有菜没有饭也不行，长此以往，营养就会失衡。这里主要是米质：新米、陈米要分得清，好米、差米要看得出，一不小心，就会吃到抛光米。至于饭的做法，那还是比较简单的，因为他已经很习惯吃大锅饭了。

这样想来想去，最后才下定决心到了食堂，但见工人们卫生都快搞好了，一位厨师笑着对他说，如果要在这里吃饭，那只有等到晚餐了。

Z医生还非常抱歉地对我讲，他从医也有二十多年了，这样的病人还真不好下手，到目前为止，基本束手无策。

这些年来，我一直干着一件很无聊却有意思的工作，就是审查电影剧本。无聊是说，日复一日，年复一年，每天都要看本，看得都有些脑残了；有意思是说，幸好经常会看到一些让人兴奋的剧本，兴奋并不表示可以通过，只是我在阅读的时候不容易疲劳而已。冯小刚告诉过我，写剧本就像麻雀过性生活，全靠碰！这你就知道好剧本有多难了。直觉告诉我，越是兴奋的东西越要从紧把握，我可不想为了个破剧本而犯什么政治错误哎。以下是部分被我枪毙了的剧本点评。

《无后为大》

梗概：抗战时期，农民大江为日本兵做饭。有一天他拉着同村的姑娘巧春进炮楼玩，两人发现了一幅春宫图，于是干柴烈火一触即燃。大江打算放火烧毁春宫图，结果烧死了日本兵也烧死了自己。后来巧春怀孕了，她通过装神弄鬼的方式，父母终于同意让她生下孩子……

点评：炮楼是不可以随便玩的，这个我有经验，我爷爷就说过，日本人的炮楼管理极严格。本剧中，是不是日本人特别和善？或者说日本人特别有脑筋，已经将炮楼进行了旅游开发？还有，大江干嘛要烧春宫图？是抗日？做饭下毒不是更方便吗？理由非常不充足！再有，巧春如果不直说是大江干的，那么，装神弄鬼的怀孕法很令人怀疑。一句话：逻辑混乱，没有这样宣传抗日的！

《两个半》

梗概：河南某县，小焦在擂台比武中被鲁老师踢坏了一个睾丸。他在杨胜利的调唆下要报仇，鲁老师的一个睾丸被女友砸坏。小焦的手下继续算计鲁老师的睾丸，却在阴差阳错下阉了杨胜利……

点评：整个剧情围绕睾丸展开。睾丸是什么东西？睾丸不就是性的代名词嘛？你弄坏他，你又被她弄坏（怎么弄坏很令人生疑，场景极不健康），结果，他被他弄坏。什么事啊，难道我们的社会就是这样弄弄睾丸的吗？一个词：低俗！

《姐姐》

梗概：1970 年代，成了孤儿的女孩被寄养在父母生前好友家，养父母的儿子爱上了这个没有血缘关系的姐姐，他们和他们的朋友们都有着灰暗的青春和命运。

点评：故事老套，太老老老也。

《隐私惊魂》

梗概：出租车司机经常跟踪偷窥一个神秘女人，发现她经常和一个表情诡异的女人同桌吃饭。原来，这是被她害死的情敌。

点评：我不反对拍恐怖片，但是，惊悚得一定要符合情理，让人在紧张中有一丝希望和放松。神秘女人的忏悔方式用这种不着边际（鬼）的形式来反映，显然有悖于我们这个时代所提倡的科学文明。

《谁是我爸爸》

梗概：8岁的冬歌父母离异。父亲因恼怒冬歌不是自己的亲生女儿而砍伤了妈妈的新丈夫。实际上他砍伤的人也不是冬歌的亲生父亲。当年妈妈为了找工作被人诱奸。面对孩子的质问，母亲深深自责，给当年侮辱她的人下了毒。

点评：直接枪毙。其实，这个剧本的后半段还是有修改的价值。比如，诱奸母亲的人是个大老板，大老板的婚姻并不幸福，而且妻子不会生育，大老板深刻自责，大老板认女，母亲走向新生活。

《弘运之歌》

梗概：某村村民在两个追杀“中国体育大使”霍先生的台湾杀手的调唆下，发生械斗。一场足球预选赛激发了他们的爱国热情，参与斗殴者捐肝捐肾救治伤者，杀手也舍生取义。北京申奥，村里的五对恋人立誓申奥不成功就不结婚。他们终于盼来了喜讯。

点评：又是杀手！又是械

斗！山村还有足球预选赛？要是有这种可能，咱中国足球也不会有今天这样的臭名声。申奥，有成功的可能，更有不成功的可能，不成功不结婚，有这样立志的吗？民族精神非得这样体现？又不是长征途中，敌人整天追在后面，实在不能结婚。一个字：扯！

《安子》

梗概：农民安子被人欺骗接手了一家餐馆而破产，他和妻子秀蓉来到北京投靠专营盗版碟和假文凭的老俵，秀蓉被老俵占有。安子和秀蓉去当保洁员，在业主家打扫时两人做爱，被业主抓住索赔，安子只好继续求助老俵，老俵理直气壮地带走了秀蓉。安子收废品攒够钱去找老俵，却遭到臭骂，他拿刀抢劫了老俵，却得知秀蓉已经离开。安子找到秀蓉，发现她在发廊接客，安子醉倒街头。

点评：生活真实不等于文学真实。我们的原则是要走进生活，走出生活。此本太过真实，因而太过阴暗。秀蓉的被蹂躏和侮辱，老俵的不法和势利，安子的无知和无助，一切都让人感觉不到希望。我们这个社会其实不完全是酱兹（这个样子）的，这是对我们目前大好形势的不正确估价。一句话：导向不健康！

《剪刀、石头、布》

梗概：三个犯罪分子干“最后一票”，同时得罪了黑帮老大和腐败警察，经过阴差阳错，三帮人以火并收场。

点评：此剧和《安子》类似。大陆不是港台，我们不能把 A 地的三个犯罪分子，和 B 地的黑帮老大，加上 C 地的腐败警察，统统放在一个地方一起作案，那还是不是共产党领导的地方了？我们的有关部门能睁着眼看着这些事情的发生吗？“三帮人火并”，简直是胡说八道！

《疯狂游戏》

梗概：中学生孙伟迷上网络，欠下网友黑鸽的钱。在黑鸽的唆使下，他偷了家里的钱准备离家出走，却不料钱被黑鸽偷走。走投无路的孙伟躲在床下，听到父母互诉思子之情，主动走出来承认错误。

点评：人物，情景，结构，都非常粗陋。如果这个中学生，是名人之子或之孙（越有名越好），那倒有些教育意义。否则就是一则社会新闻，还是一般的。

《牛帮卧龙》

梗概：抗战期间，滇西几大帮派以各种奇怪的身份做掩护，打击日寇。

点评：全民抗日主题不错。帮派抗日，一个很新的角度。把握不准的理由是：史上有没有记载？有哪些记载？如果纯粹杜撰，那就等于美化帮派，这个不行的！还是先枪毙再说！

《缠身》

梗概：女模特丽萍在姐姐丽秀的帮助下来到马来西亚发展。丽秀和男友威廉都忽然失踪，丽萍总是觉得丽秀回来要杀她。曾追求丽秀的摄影记者在别墅外偷窥。原来是丽秀发现威廉和丽萍的私情，争吵中威廉将丽秀推落楼梯后离开，丽萍趁机将丽秀掐死，威廉返回后吓得潜逃。丽萍终于无法忍受内心的恐惧，投案自首。

点评：中国大陆的某些模特素质太差，过河拆桥，然后又是心理素质极差。典型而老套的情爱三角或四角，毫无新意，不拍也罢！

《金鱼缸》

梗概：女演员溶雪，周旋在经纪人、导演和虚荣的母亲之间，身心交瘁。

点评：好题材，至少我本人比较感兴趣！影视圈内一直让人诟病的潜规则可以批判一下。可又觉不妥，这不是说了咱自家内部的事情吗？虽然大家都在说，但咱不能自扬家丑。中国电影良好的形象好不容易树立，不能抹黑了。还是先放放吧，委屈这家公司了！

《向天歌》

梗概：城里女孩雪莲被吸毒贩毒的男朋友拐卖到了陕北农村，警察赶去解救她，看见她正挺着大肚子教孩子读书。雪莲不愿回家，在警察力劝下回来后，她决定把孩子生下来。村长赶来找她，说是村里缺少教师。她经过思想斗争回到村里，成了一个民办教师。

点评：说真话，题材也不错。我当记者的时候就采访过这样的事情：一读初中被拐女孩，离家10年，发现时已有一孩5岁，肚里怀着的那个也已5月，男的50多岁，老而残。报纸刊出后，读者反映颇强烈，但总觉得太惨了，女孩的一生就这样被毁了，一直有阴影。所以，这样的题材所起的正面教育作用仍然有限。暂缓。

《待到你盛开》

梗概：退伍军人李永富管教儿子李金简单粗暴，致使李金为好友所骗染上毒瘾。贩毒集团首领祖胤是李永富战友，他因尝试戒毒而失去权力，最后惨死。李金在即将跳下楼顶前，收到了女友的短信。

点评：又是贩毒，还是军人，尽管是退伍的。编造痕迹明显。不过。

《金风玉露》

梗概：从台湾溜回大陆的某集团千金郁露进入特警新学员班满足好奇心。公安局发现有人在研制新型毒品，派郁露潜入侦查，金风扮作助理。在调查过程中两人暗生情愫，最后大获全胜，两人也终成眷属。

点评：还是毒品。特警队伍进人，应该有很严格的制度和程序吧，不可能为了满足别人的好奇心而随便，又不是什么搞噱头的夏令营！

《一场游戏一场梦》

梗概：北漂方刚、民工李阳、电影学院落榜考生艾目和女友朱丽丽，被不同的影视公司忽悠去怀柔，在公交车上结识。4人在1年中有了悲喜不同的经历，李阳和艾目筹备的电视剧终于开机。此时艾目被方刚摇醒，原来只是公交车上的一场梦。

点评：今日读报，一职高生，辛苦筹借30万，说是要拍一部反映职高生的电影《纸飞机》，但愿他能实现梦想。草根不切实际的影视梦，有时候和一夜暴富的横财观很相像，总想不劳而获。这里，我尽一点责任，不误导大家了！

附剧本一则：

布衣我剧本看多了，枪毙得也多了，有时不禁手也痒痒。某日得闲写下一则。哪家公司有意向请和我微博联系。

《虚拟出轨公司》

梗概：结婚多少年实在记不清了，亚当已经有些厌倦，日子过得毫无激情，事实上，亚当和夏娃几乎不睡在一起了。但是，亚当从没想过要离开夏娃，他爱夏娃，夏娃也是孩子们杰出的母亲。

根据目前的世界趋势，亚当知道，这个问题，解决的通常办法是：出轨。但是，亚当不想这样做，他不想让夏娃满足他这一部分的需要，而让情人满足他另一部分的需要，他想，即使他这么做，夏娃也不会这样做的。

当亚当在网上发现了一个“虚拟出轨公司”后，他一下子有了兴趣。这家公司提供多种服务，和虚拟的人结婚，生子，共同做事情，最关键的是，它可以为你制造虚拟性爱，感觉就像在真正的性交，但实际上，你所有的经验都是由电脑刺激你大脑完成的。

拥有出轨的所有欢乐，却没有第三者，因此，它不是真的不忠。

亚当和夏娃仍然生活在他们的乐园里，甜蜜恩爱，堪称天地间夫妻模范。

自我点评：古老和现代相结合，道德和情爱相结合，故事和传奇相结合，高雅和通俗相结合。有灵有肉，有哲有思。最完美。最刺激。最神奇。

注：感谢广电总局网站提供剧本点评素材。

乱第三

《本草纲目》新方五帖

李时珍搜罗百氏，通考诸说，跋涉远近，积三十余年之功，三易其稿，写成了两百余万字的中国药物学巨著《本草纲目》。世易时移，我想它也需不断补充更新才有活力。现拟“新方”五帖，不知“李本草”同意否。

一、安心丸

主诉：前日组织部门谈话，告诉下月退居二线。当夜即扰动心神，夜寂不安，胸闷气短。

望闻切诊：神志清楚，神情倦怠，表情痛苦，面色略红，声低语怯，呼吸短促，严重惊慌心悸。

方药安心丸成分：读书仁 15 克，钓鱼藤 15 克，家务枝 10 克，儿孙绕膝根 15 克，聊天草 10 克，太子参 5 克。

服法：每日一丸，早晚各一次，一月见效。服前若恒念板桥之“放一着，退一步，当下心安”则效果更佳。

二、去媚膏

主诉：看了许多厚黑著作，也曾躬身实践多年，他人多能得真传，往往一个个人五人六，小的我拍马常拍到马蹄子上，不得要领。

望闻切诊：天庭黯淡，口舌歪斜，乏力汗多，阳气欲脱，头部振颤，表情猥琐，脊梁佝偻。

方药去媚膏成分：自尊骨20克，自重草10克，自爱皮10克，自强藤15克，主苋花30克。

用法：每日三次，外用，一月一疗程。用药初，在脸部、膝盖及脊梁处多擦，若配以“g中g”牌补钙口服液同服，则疗效更明显。

三、制怒剂

Z副主任给我找来了材料的样本，主要有四点：一是平时政治理论学习还不够透；二是为人民服务的宗旨意识还不强；三是对当前的腐败现象认识还不够深；四是自身的廉政建设还不够完善。

——《W县长日记》

主诉：看不惯任何事，常吵架骂人，大吵大骂三六九，小吵小骂天天有。头痛连及项背，周身酸楚无力。

望闻切诊：脸部横肉多，潮红，颈静脉怒张，心率每分180次，心窄房颤，喉管异常粗壮。

方药制怒剂成分：宽容草20克，音乐仁20克，静心皮20克，薄荷20克，冰糖20克。

用法：每日一副，水煎服。头煎加冰去私欲，二煎加水加白菊再取汁。服药后一刻钟内可按《健康歌》旋律脖子扭扭、屁股扭扭。

四、戒贪果

主诉：无论黄金、白金、现金都想揣进口袋，“绝”字去丝更喜欢。

望闻切诊：表情自然，活

动正常，语言流利，只是心病日久，由心及脾，心脾气虚，心脏呈梨形，且心形渐歪，呈绛紫色。眼睛微斜，偶有葛朗台、泼留希金之目光。

方药戒贪果成分：心当归 20 克，知足草 20 克，清贫壳 20 克，慈仁 10 克，法律英 30 克。

用法：每日一丸，连服三年。用去杂质之纯净水送服，佐以“忆苦思甜汤”漱口。

五、疗妒汤

忽然想起《红楼梦》第八十回中也有一副这样的方子，虽是针对女人的妒病，但可借一用，我想老曹不会和我计较版权的。

宝玉道：“什么汤？怎样吃法？”王一帖道：“这叫做‘疗妒汤’：用极好的秋梨一个，二钱冰糖，一钱陈皮，水三碗，梨熟为度。每日清晨吃这一个梨，吃来吃去就好了。”宝玉道：“这也不值什么。只怕未必见效。”王一帖道：“一剂不效，吃十剂；今日不效，明日再吃；今年不效，明年再吃。吃过一百岁，人横竖是要死的，死了还妒什么？那时就见效了。”

悼子虚

我们敬爱的领导、尊敬的子虚同志，前天深夜因革命工作（陪酒两场），不幸离我们而去。今天，我们在这里隆重追悼子虚同志，共同追忆他的光辉事迹。

子虚同志是一个奋进不息的好干部。他政治敏锐，原则性强，自觉抵制资产阶级腐朽思想的侵蚀，与社会上的不良风气坚决斗争。事事想在前头，做在前头，从不摆一把手的架子。我们这个大单位，基建年年有，动辄上千万，但从没有出现“豆腐渣”工程，这都是子虚同志严格把关的结果。这几年单位进过几十人，虽不太符合要求，但确实是工作需要，就连临时工也相当慎重，都是子虚同志亲自多方考察决定的。有谣言说这些人是子虚的亲戚朋友，经组织调查，没有一个人和子虚同志同姓氏。

子虚同志也是一个关心群众的好干部。这些年来，我们单位的福利年年增长迅速，各类奖金不断，这都是子虚同志千方百计拓宽财源、增收的结果。虽然纪检部门查过、审计部门审过，但都在子虚同志的多方努力下成功地解决了问题。这几年，我们单位一大批干部脱颖而出，这离不开子虚同志的培养、亲自教诲，几十位处级及科级干部在各自的岗位上全力配合着他的工作，另外还有相当部分发展有潜力的同志也都带了括号，享受某级干部的待遇，活生生的事实彻底打破了“任人不能唯亲”的戒律。现在本单位呈现出一种前所未有的兴旺景象，干部职工工作积极性空前高涨。

子虚同志还是一个非常讲究工作方式的好干部。由于众所周知的原因，我们这个单位的工作开展起来有些难度，但子虚同志从来是不畏艰险，比如某次有许多欠债户不肯还钱，虽是冬天，但子虚同志仍把他们集中在一起，脱了上衣绕圈跑步，并齐声高喊：下定决心，排除万难，欠债可耻，一定还钱。这个做法还在电视台新闻中播出。另外，下属单位诸如边生产边整改、边发展边规范等操作性强的做法都得到了大力推广。

子虚同志又是一个生活简朴、不拘小节的好干部。除因工作需要换过三辆小车外，他平时生活一点都不讲究，身上从不带钱，有什么吃什么，走到哪吃到哪，烟只认上海生产的一种红牌子，酒也只喝贵州那穷山僻壤产的白酒，基本上不挑剔。因工作关系，子虚同志要经常陪客人出入各种娱乐场所，但他不请小姐什么的，有时对方盛情，他也只是和老板娘象征性地拥抱一下，即使跳舞也都是保持着相当的距离，从来就不认真的。近来传说子虚同志有什么“十二钗”之类的绯闻，以及他那个放存折及什么套的著名的公文包，那也是别人身上的，跟子虚同志无关。

虽然子虚同志有一些争议，但瑕不掩瑜，他是一个好干部、好同志，我们永远怀念他。

子虚同志永远安息！

子虚同志永垂不朽！

W县长日记

W县长是省里下派到S县当科技副县长的，W平时就有记日记的习惯。下到县里，无论工作还是生活都丰富了许多，尽管很忙，仍然记了不少感受，以下摘抄五则供杂文作者陆春祥作实验文体之用。特别声明，若有真人真事雷同，纯属巧合。

3月1日，晴，报到

今天是我到县里报到的日子。张部长和王处长及办公室的小吴一起送我。县长和管组织的副书记热情接待。临江宾馆午宴，县委政府两位一把手和XY副县长及办公室主任、副主任、秘书陪同。喝五粮液20小杯（9位陪同每人敬我一杯，我又回敬他们每人一杯，我再敬书记县长一杯）。席间听各式段子若干，因脑子迷糊，仅记牢一条“做官最高境界”：钱多事少离家近，位高权重责任轻，睡觉睡到自然醒，打球打到脚抽筋。第三句妙极。

4月2日，阴，下乡

近一个月来，随办公室Z副主任及F秘书一起调研了十多个乡镇的科技发展情况。有特色的不多，一蛮有名气的"科技"种粮大户的"智慧"倒是值得一记：该大户将江边百余亩薄田以极低的价格承包下来，每年春耕时都将早稻种得有声有色，但绿的种下去，并不见黄的收上来。原因是那一片田每年汛期都要遭遇洪水，但不要紧，洪水一退，马上就有乡里县里有时甚至是市里的领导来慰问，各路人马送的补助款远远丰于种稻的收入，那大户因此也乐此不疲。

5月8日，晴，招商

长假后头一件事就是随县里80人的招商大军到广州招商。县长告诉，此次招商为本县历史空前，拟开大型招商发布会一个，新闻通气会一个，同乡茶话会一个，并在当地主要报纸刊发套彩广告整版，电视播放专题片及广告若干，还打算组织一场答谢晚会，预算费用可能要超250万。县长特别交待我的只一件事，就是不管花多大代价，一定要找几个外商烘托一下气氛，没有意向也不要紧的。这个难题在Z副主任的提示下迎刃而解，他说，不用担心，广州这地方高校多，高鼻深目的外国留学生也多，出场费也不贵。

12月9日，阴，接待

今天外事办的同志通知说，有一个日本访问团要来参观我们的著名景点。其他事情都好办，只是那日本客人不知怎么回事说要看景点里的鸬鹚捕鱼，要在平时那也是小菜一碟，但现在数九寒天，那来的鸬鹚捕鱼？不过，半年多来我已经有些基层工作经验了，那就是办法总比困难多。在开了一场各部门的“诸葛亮会”后，办法也就想出来了，景点所在地的P乡长建议：事先多准备一些塘养鱼，用长网围牢，再弄几只鸬鹚，场面就会活灵活现的。但愿到时鸬鹚不要偷懒。

1月10日，晴，“三讲”

今天是“三讲”动员会，书记在会上作了两个小时的动员。主要精神是：结合自己的工作和生活，查找不足，并要求写一篇5000字的汇报材料，不能泛泛而谈，一定要触及灵魂深处。书记特别强调，材料要自己亲自动手，不能叫秘书代替。会后，Z副主任给我找来了材料的样本，主要有四点：一是平时政治理论学习还不够透；二是为人民服务的宗旨意识还不够强；三是对当前的腐败现象认识还不够深；四是自身的廉政建设还不够完善。

李三亩年谱

编者说明：李三亩是俺们那旮旯的知名人物。什么有名？一句话，几百年来他的官做得最大。俺也是那旮旯出名的"秀才"，这不，三亩老爹就找上门来了，说是三亩不仅是俺们屯的光荣，也是俺们乡、俺们县的光荣，要俺替三亩弄个年谱。俺说，弄年谱的可不是一般人物，再说俺也不弄那玩意，但三亩老爹却是一天三趟往家赶，执意要光宗耀祖，于是就有了这份由三亩爹口述、俺记录的年谱。

李三亩：生于公元1950年1月1日。

姓名由来：三亩生在一间四面透风的茅屋，正要取名字时，恰巧斗倒地主把身翻，喜气洋洋分田地，而且一分就是整三亩上好的良田，爷爷一高兴，将孙儿取学名“李三亩”。

1956年：入读本屯三棵树初级小学。没钱买纸，一张纸写三遍：第一遍用铅笔，第二遍用钢笔，第三遍用毛笔。

1958年：升读本乡五连营高级小学，得“全民炼钢”小学生积极分子锦旗一面。

1961年：升读本乡五连营初级中学，得“勤工俭学”中学生创收锦旗两面。

1963年：升读本县长坂坡高级中学，以保尔“一生不虚度年华”作座右铭。其间得“活学活用”标兵称号一个、“艰苦奋斗”模范一次。

1966年：高中毕业，回乡务农。为本屯“威虎山”战斗队副司令。

1969年：解放军23456部队战士。积极向组织靠拢，次年光荣入党。

1972年：解放军34567部队连部文书、营部文书、团部文书。撰写的“学哲学”理论文章曾轰动部队，被记三等功两次。

1975年：解放军45678部队连指导员、营指导员。组织的“向阳红”文艺队曾获军区奖。本年结婚，妻子生日为中秋节。

1979年：解放军56789部队团政委。本年生女，女儿生日为三八妇女节。

1982年：转业本县财政局任副局长、书记、局长。其间获县级、

市级优秀共产党员称号各两次，并当选县、市人民代表。

1985年：当选本县人民政府副县长。该年面临百年不遇的特大洪灾，三亩有家不回，连续28天奋战在抗洪第一线，将灾害损失降到最低，受到省委、省政府的通报表彰，并获“十佳公仆”称号、“模范干部”称号。

1989年：当选本县人民政府县长。上任时表态：“当一任县长，兴一方事业，富一方群众，保一方平安。”

1991年：调本省A地级市任副市长，主持修建铁路，并多次因为工程技术创新，善于节约工程造价而受到组织嘉奖和铁道部表彰。

1994年：调本省B地级市任市长。三亩的宣誓为：“人民选我当市长，我当市长为人民。”

1996年：调本省A厅任厅长。因著有《国企领导人经济犯罪案件剖析》，享受国务院特殊津贴。

1998年：调本省B厅任厅长，成立“经济发展总公司”，下辖数家矿场，并成立一支“经警队”。本年获全国“五一”劳动奖章。

2000年：兼任本省某高速公路总指挥。因警钟常鸣，250公里路程没有倒下一位干部，彻底打破1公里倒下一个干部的传言。据报道，他当官至今从未批过一张条子。事迹曾被收入《中国廉政大全》。

2003年：————

2007年：退居二线。

2009年1月：准备退休。

编后余话：正当俺惊叹那三亩的官运是如此亨通且“三亩年谱”快要杀青时，突然传来他被省纪委“双规”的消息。据可靠人士讲，那李三亩平时一贯正儿八经，岂知是个吃喝贪赌嫖的“五毒巨贪”，说来你也不相信，家里的成捆钞票竟被虫蛀，光搞过的女人就有“108将”。俺对三亩爹说，这年谱还要写嘛？三亩爹噙着泪哽咽：“写，到时还要加上一条他伏法的日子，也算一个了结吧。”

考试（独幕剧）

［剧中人物］

孕妇甲｜孕妇乙｜考生甲｜考生乙

考生丙丁戊己庚｜公交司机｜老太

［时间］

公元 2008 年 8 月 18 日。

［地点］

绍兴市 11 路公交车站。

［剧情简介］

一位参加绍兴市国家公务员统一考试的孕妇考生说，考试完乘坐公交车时，大批考生一拥而上，竟无一人给她和另一位孕妇让座，司机揿喇叭提醒，仍然无一人理睬。

幕启。

远景：某职教中心，参加公务员统一考试的考生挥汗如雨，紧张作答。

次远景：铃声响，众人出，交头接耳，熙熙攘攘。

特镜：公交站。考生翘首等待。车徐至。考生骚动。考生甲（一把抓住车门）极兴奋大叫。孕妇甲乙（作闪身状）远避之。

考生甲（占得好位置，吃吃地笑）：考试题目都做出，九十不说八十足，天热人挤不算啥，优哉游哉就到屋。

考生乙（也占得好位置，手拿一瓶可乐，对考生甲）：天确实有点热，人确实有点多，但心情确实有点好。（夸张地猛喝可乐）

孕妇甲、乙：今天怎么人介多，（很自信）我想总有座位坐。（吃力地最后进车厢）

公交司机（见两孕妇蹒跚艰难状，遂边启动车边揿提示喇叭）：乘客们，请坐稳。哪位请给老、幼、残、孕者让个座！

孕妇甲、乙：寻来寻去没座位，赶快抓牢车扶手。（做东张西望状，希望出现常见的一幕）

公交司机（嘴里一边咕哝着又揿了一遍提示音，只见众考生兴高采烈大声喧哗，毫无反应）：今天这是怎么了？（稍一分神，一个刹车，遂自语“还是开车要紧”）

考生丙（刚好占着照顾专座）：两遍提示全听清，为啥没有让座人？考生素质太差劲。（见孕妇甲正立在他边上，遂作闭目思考状）。

考生丁（有座，闭目状）心理活动：是孕妇就一定要让座吗？为什么上次我老婆坐车没有人给她让座？我偏不让。

考生戊（有座，往窗外看风景）心理活动：我看她们还不到10个月，能坚持的，再说上午考试坐得太多了，不利于婴儿健康，站一下也是有好处的。

考生己（有座，给人打电话，很忙的样子）：老X，中午的聚会在哪儿？什么？不是说好的吗，又改地方了，什么？新开张的，五星，还有王局长，好，好，我马上到。

考生庚（有座，也听到提示音，兴奋地和人交流考试题目）：哎，老兄，那道“申论”题“论现代人道德的滑坡”，你是怎么立论的？喔，你的比我有新意。例子呢，你举什么例子论证？什么，随地吐痰？还有什么，自私自利？嗳，我看例子不太有说服力，不能得高分的。

考生乙（扭头和考生庚争论）：我认为自私自利是能够充分证明现代人道德水平的滑坡的，你看，哪一个不是为自己。少数当官的口头说为人民，实际是为人民币；都要人家学雷锋，自己却时时发牢骚；人情薄如纸，公德淡如水。

（车停，一老太上）

考生丙（对老太）：哟，外婆，您老人家怎么在这里上车，来来来，坐我这里。

老太（抓着扶手，对孕妇甲）：来，来，姑娘，你坐，你坐。罪过啊，挺着个大肚子。

远景：这场讨论又吸引了不少考生参与，热烈而热闹，他们的思绪似乎又重新回到了考场上。

近景：孕妇乙、老太艰难地站着，考生们的高论时不时灌进她们的耳朵。

远景：公交车继续在骄阳下一站一站往前挪。

幕谢。

调动备忘录

L先生从T城调往H城，手续办理两月有余。以下是办事大致程序。特别要说明的是，这不是对时下的人事制度有什么微词，只是给类似朋友提供一个过程实录，以便届时办理调动省时省力些。

1、调往单位发商调函，T城组织人事部门研究、审批、签字。时间两周。

2、T城人事部门发商调表，逐项细填，有关领导签字并盖章两颗。

3、商调表送H城人事部门，搁表研究，时间不能确定。

4、调往单位打用人报告至人事部门，等待批复，时间不确定。

5、人事部门要求附毕业证书、学位证书、职称证明、身份证、结婚证书以备审核。

6、H城人事部门研究审批发调令至T城人事部门。

7、T城人事部门发调令至原单位，填表盖章送回人事部门。

8、T 城人事部门开出工资单及调令至 H 城人事部门。

9、H 城人事部门开出调令至调往单位。

10、T 城人事部门将人事档案转至 H 城人事部门。

11、H 城人事部门将人事档案转至调往单位。

12、T 城社会养老保险办公室根据调令办理养老保险转移手续。

13、T 城住房制度改革委员会办公室根据调令办理公积金转移手续。

14、持 H 城人事部门调令至公安部门办证中心办理户口迁移手续。

（1）办证中心发给表格，一式两份填写，盖章两颗，并准备下列材料。

A、毕业证书、学位证书、

职称证书原件及复印件；

B、原户口所在地户籍证明、户口本、户口迁移证；

C、申请迁入地单位同意接收落户证明及其户口本复印件；

D、人事部门调令；

E、随迁子女独生子女证、户籍证明。

（2）至办证中心办理，仔细核查材料，开出回执，一周后等消息。

（3）至办证中心了解审批结果，盖章一颗，交费4元，开出两联准迁证。

（4）持H城公安部门准迁证至T城公安部门办理迁移手续，盖章一颗。

（5）持T城公安部门迁移证明至H城所辖地派出所办理落户手续，盖章一颗。

（6）H城公安部门发给户口本，正式落户。

附（1）向若干人询问若干政策若干次，略去不表。

（2）组织关系迁移程序省略不表。

包装协会章程

我们已跨入了一个全新的包装时代。大单位要包装，小单位也要包装；普通人要包装，名人更要包装；女人要包装，男人也喜欢包装；人要包装，物急需要包装；有形包装，无形包装；低级包装，高级包装；土包装，洋包装……如火如荼的包装形势催发着本包装协会的诞生。

第一章　性质与宗旨

第一条　本协会是为适应日益发展的包装形势，给包装者提供包装的半官方兼民间半娱乐兼学术的群众组织。

第二条　本协会的宗旨是多包装、包好装、包装好，为一切需要包装的单位和个人提供咨询服务和理由支持，并组建各类包装公司（如歌星包装公司、名模包装公司、名品包装公司），使我们的包装事业蓬勃发展并上升到理论的高度。

第三条 本协会坚持在一切活动中以包装为解决问题的唯一方法，实行“任何事情都包装”，以美化我们的生活。

第二章 会员

第四条 凡符合下列条件者，即具备申请会员资格：

1、热衷包装，一做事情就想到包装，有包装条件的一定要大大包装，可包可不包的肯定要包装，没有条件包装的也要创造条件包装的单位和个人；

2、在包装理论界有一定研究成果并希望进行研究的个人；

3、承认本协会章程，按时缴纳会费；

4、肯为本协会拉赞助的包装事业爱好者。

第五条 入会办法：自愿申请，发给表格，经理事会调查情况属实，即可批准成为本协会的团体会员或个人会员。

第三章　主要任务

第六条 研究有些人、有些单位为什么爱包装、包新装（如妓女包装成处女、小偷包装成警察及河北管陶县县城以墙当房、某地将石头山漆成绿色当树、奶牛大县等等）的原因、特点、规律和经验，交流包装成瘾的方法和技术信息。

第七条 总结包装后带来的种种好处，并将其上升到一定的理论高度，以指导我们新时代的包装工作，为我们的包装闯出国门，冲向亚洲，走向世界创造物质和理论的条件。

第八条 编辑出版《包装词典》、《包装大全》、《包装指南》等著作，创办《包新闻》报和《21世纪包周刊》杂志（均用精美铜版纸印刷）。

第九条 发现和培养包装人材，表彰和奖励包装界涌现出来的各类典型。

第十条 加强联系，与世界各国包装协会及包装爱好者建立广泛的联系，吸取新经验，借鉴巧办法，出精品，出名品。

第四章　组织机构及主要职责

第十一条 理事会：由团体会员和包装迷推荐选举产生，任期三年，设理事长一人、副理事长三人、常务理事、理事若干人。

第十二条 理事长主要职责：每十天开一次理事长会，探讨包装新动向，研究包装新问题，落实包装新措施，重大问题需召开常务理事及理事扩大会议。

第五章　经费

第十三条 本协会经费主要来自团体会员单位、个人缴纳的会费及赞助，另外还有办报刊及出售包装文案若干盈利所得。

第十四条 各会员及会员单位都应积极融资，“包装彩票”的发行上市争取一年内完成。

第六章　附则

第十五条 本章程解释权暂时归起草章程的实验文体作者陆先生。

第十六条 本章程经协会第一次代表大会通过之日起生效。

公元某年某月某日

干部法律常识模拟测试题

因常在报刊上码字儿，友人就拿些题目问我个子丑寅卯。这次见到一份非常有趣的有关法律类的模拟题，拣其要以飨读者。

一、判断选择（正确选项打√）

1、“贪”、“贫”两字属古人造字法中的哪一项？

A、象形；

B、指事；

C、会意；

D、形声。

2、某少女被强暴怀孕，因证据破坏久拖不决,最佳选择是:

A、将孩子生下来；

B、将孩子打掉；

C、尊重女孩意愿；

D、先结婚后恋爱。

3、泰坦尼克号沉船事件隐含的四条教训是：

A、自恃块头大缺少风险意识；

B、放弃安全原则过分依靠经验办事；

C、管理经验不足，应急能力差；

D、船长急于给自己的职业生涯画一个圆满的句号。

4、轰动一时的“腐败一条街”坐落在哪里？

A、南海市；

B、北海市；

C、东海市；

D、西海市。

5、一天可开完的会议却移到风景区开了10天，公款花了60万，领导将会受到什么样的处分？

A、撤职；

B、严重警告；

C、降一级工资；

D、党内警告；

E、记过；

F、没事。

6、英国前首相布莱尔有次携夫人及三个孩子乘专用飞机到意大利度假，布夫人及三个孩子都付了“座位钱”，布本人要会晤外国领导人没掏钱。当地的舆论会是什么态度？

A、批评布在搞“免费旅行”；

B、指责布不该坐“官机”私人度假；

C、批评布假公济私；

D、私而能顾公，应提倡。

7、某镇办厂能人因罪被判缓刑，为扭亏，镇政府怎么办？

A、仍使用“能人”当法人；

B、“能人”党籍保留，任支部书记；

C、让“能人”主管厂务，享受副镇级待遇；

D、名分暂时不给，权力一点不减。

8、“包二奶”的含义是指：

A、女性生活用品；

B、第二个情人；

C、所有情人；

D、俗称“小老婆”。

二、成语识别（二选一）

1、羊续悬鱼________________________________

A、羊续悬鱼庭院中，用以拒贿；

B、羊续悬鱼庭院中，其意在索礼。

2、执法如山________________________________

A、王子犯法与庶民同罪；

B、法难执行犹如山样沉重。

3、门庭若市________________________________

A、门口和庭院里热闹得像集市；

B、门口送礼的人来往热闹得像集市。

4、掩耳盗铃________________________________

A、捂着耳朵偷铃铛，自欺欺人；

B、明知有法律，偏踩法律行。

5、作茧自缚

A、吐丝作茧，自己包自己；

B、恶有恶报，时间一到，全部报销。

三、阅读理解（可用反向思维）

读《战国策》片断，回答四个小问题：

邹忌修八尺有余，形貌昳丽。朝服衣冠，窥镜，谓其妻曰：“我孰与城北徐公美？”其妻曰：“君美甚，徐公何能及君也。”城北徐公，齐国之美丽者也。忌不自信，而复问其妾曰：“我孰与徐公美？”妾曰：“徐公何能及君也。”旦日，客从外来，与坐谈，问之客曰：“我与徐公孰美？”客曰：“徐公不若君之美也。”明日，徐公来。孰视之，自以为不如；窥镜而自视，又弗如远甚。暮，寝而思之，曰："吾妻之美我者，私我也；妾之美我者，畏我也；客之美我者，欲有求于我也。"

1、请将下列推理补充完整：

妻美我者私我也，

妾美我者畏我也，

客美我者求我也，

结论________________________

2、请写出"客美我者求我也"中"客"之延伸内涵__________

3、"求我"之"求"的法律底线在哪里___________________

4、邹忌是如何识破妻妾客"一丝不挂"之显性用意的？

四、写作练习（五选一，要求摆事实讲道理，不人云亦云）

1、试论"假日腐败"之隐性特征

2、浅析"贪官"案发之偶然性和必然性

3、GDP 基本论

4、公车改革之我见

5、"窝案"成因之黄金律分析

『诗歌生成器』推荐书

又一个具有划时代意义的娱乐项目诞生了。说划时代，是因为它可以拯救我们目前很不景气的诗歌，说它娱乐，是因为这个东西的确很好玩。它就是人人都能做诗的“诗歌生成器”软件。我这里重点推荐一下。

因为是推荐，所以要说得详细些，一是为了勾起您创作的欲望，二也是便于您实际操作。

“诗歌生成器”替像我这样的广大的想做诗而又做不出诗的朋友设计了30种风格，如果没有什么特别的要求，它应该能满足您的要求了：华丽、心上人、离别家乡、中秋节、生日快乐、友情、忧郁、花好月圆、分别、惆怅、朦胧、盼郎归、沉静、乡情、偷情、抒怀、汹涌、愿望、原谅、中秋失恋、担忧、留学在外、失眠、无聊、寂寞1、寂寞2、乡愁1、乡愁2、无题1、无题2。

不仅如此，为了和风格相配套，还给您设计了26种不同的身份，您可以随意选择您的头衔：朦胧诗人、婉约诗人、纯情诗人、消极诗人、儿童诗人、美女诗人、美男诗人、少妇诗人、偷情诗人、情色诗人、上半身写作诗人、下半身写作诗人、现实主义诗人、浪漫主义诗人、后现代超现实主义诗人、新鸳鸯蝴蝶派诗人、另类诗人、闷骚诗人、装 B 诗人、自蛮诗人、自大诗人、猥琐诗人、僵尸诗人、亡灵诗人、侏儒诗人、猪场诗人。

好了，有了这么多的风格，有了这么多的头衔，您就可以愉快地将自己的大名（想要什么名都可以）输入，然后按“生成器”的要求输入 2 种植物名、1 种颜色名、1 个动作名和 3 个形容词，就可以作您想要的诗了。

我当然是迫不及待，因为我写过各种各样的文章，就是不敢写诗歌，我对屈原李杜等等老师佩服得不得了，常要默念他们的诗作以增强自己的文学修养；我也对曾经在一个办公室的同事、著名的美女诗人 L 佩服得不得了，她真有能耐，诗能写作这么好，还获大奖；前两天我们报纸做了一个版的专访，说的是本城一位还在读高中的少年诗人，从 4 岁起就会做诗，他们统统让我折服，本来我以为这辈子再也不可能写诗了，不想天无绝人之路，现在这个“诗歌生成器”终于可以让我圆一圆诗歌梦，纵然做不出伟大的诗，伟小的诗起码可以做出来吧。

第一首诗一定要写给我亲爱的老婆，以弥补以前谈恋爱时激情的不足。因为是写给爱人，那“红豆、玫瑰、思念”一定要的，其间有“离别”，要“酒”来解忧，当然离不开“吻”，于是输入华丽的风格，选择了朦胧诗人的头衔，几秒钟后，一首让我不敢想象的让我惊叹的诗就诞生了，这可是我的诗歌处女作啊。题目：《小红在月亮升起的地方》。第一段：月亮升起/有雕归巢的声音/有鱼儿跃出碧光/有红豆声演绎古老传说。第二段：好多不知谁的眼睛/落于玫瑰上/眨眨地/透出智慧和孤傲/夜里/却抛给月亮/无限柔情。第三段：也是那晚/贴在窗上的那些/小红剪出的窗花/被冰凌花裹着/在我的梦中/融化了。真是写得太好了！老婆虽然不会剪窗花，但一定激动死了，她老是说我只会弄些调侃人的文字，这回肯定让她刮目相看。

为了检验这个“生成器”

当演讲进入第二个小时内，游戏开始变得有趣起来。如果演讲人表示出疲劳的样子，那些后面编号的奖券持有者马上很真诚地很热烈地鼓掌。

——《将会议博彩一下》

到底有多神奇，也为了让老婆更惊奇些，于是趁兴再作一首，其实很简单，我只是换了“消极诗人”的头衔，再变成“忧郁”的风格，几秒钟后，我的第二首诗作诞生了。题目变成了《明月赠小红》。第一段是：思念围拢吻／白夜／离散一样流过／红豆的碧玉／睁开了眼睛／消隐石阶上一双／红的轮廓。第二段：未解忆长安／看不懂／小红的年纪／犹自逞强的／一丝残酒／玫瑰帘外。第三段：玫瑰的光线／细数着／我的玫瑰发／如水明月／绝句般淌过／长安的／思念。对于这首带着“杨柳岸，晓风残月”风格的诗，我有点把握不准，要不要送给老婆呢？陆地同学在一旁看过后，劝我说，这首就不要送了，省得妈妈说你颓废和花心啊，你看，又是明月又是残酒还有什么思念，不是自找麻烦吗？而且你一下送她两首，有点反常啊，是不是做了亏心事？想想也是，这首就不送了。

亲爱的读者，我不想独享这个伟大的发明，我为即将到来的全民诗歌热潮而激动，特此推荐，希望有兴趣的朋友都去尝试一番，一来可以增加网站的点击率，二来可以繁荣我们已经式微的诗歌事业，最最重要的是，您在烦躁的时候可以找到一种身心愉悦的娱乐方式了！

拟牛津剑桥试题之参考答案

据英国《独立报》近日报道：英国最优秀的学生刚刚参加了牛津剑桥等著名大学的面试，今年的面试依然令人摸不着头脑，几乎都是偏题怪题。考生都把面试描述成一场噩梦。实验文体作者陆春祥答这种题目却兴奋得很，下面试解二三。

牛津法律系：如果有人撞向灯柱，会对社会产生什么影响？

这要看撞的力度和速度，还要看灯柱是什么材料制作。如果是一般的寻死觅活，如果是一般的力度和速度，那不太会有什么影响，顶多一方撞死了，另一方又可以重新建立家庭。但如果是为了讨工钱或欲寻正义无果而撞灯柱，撞的又是路边的水泥柱或铁柱，则对社会的影响就大了，有时会大到影响一部法的产生。当然，也会出现特殊情况，就是一力大无比者，撞的又是劣质的什么柱，那肯定是撞翻柱子，有人就会报料给媒体笑话一通。

剑桥兽医系：为什么植物没有脑袋？

先反问：你怎么知道没有脑袋？难道世界上所有的植物都不长脑袋吗？长的脑袋和动物不一样就不承认它脑袋的存在吗？

再退一步：植物不长脑袋是因为它害怕人类，据专家考证（瞎蒙一下），以前的植物是长有脑袋的。如果植物有脑袋的话，它的命运会和其他动物一样。人真是太能吃了，有顺口溜为证：天上飞的，除了飞机不吃；地上四条腿的，除了凳子不吃。植物们于是就集体大动员：不长脑袋算了，不长脑袋人类也吃我们，什么转基因等等，长了脑袋，吃得就更厉害了。

牛津古典文学系：如果恐

惧是会给我们造成伤害的东西，那么我们为什么会怕蜘蛛呢？

这里的关键词有三个：恐惧、伤害、蜘蛛。简单的公式可以这样：因为伤害，所以恐惧。谁伤害？谁恐惧？蜘蛛伤害人，人恐惧蜘蛛。河南三任交通厅长“前腐后继”：第一任，咬破手指写廉政血书；第二任，上任伊始立下廉政军令状；第三任，提出“一个廉字值千金”的响亮口号。他们为什么害怕蜘蛛呢？都是因为表面的“廉”牵出暗中的蛛丝才发现的，再怎么狡猾，总还有蛛丝在显微镜下现形的。武汉市政建设管理局局长明九斤的行头是：衣服是便宜的大路货，袜子破了个大窟窿，寒碜得像乞丐，“生活节俭”、“六亲不认”，言必“反腐”，口称“倡廉”，劝诫干部严于律己，对有违规行为的下属更是大声训斥。但仍然留有蛛丝。概而言之的三段论为：少数人害怕蜘蛛，少数人也是人，人（我们）害怕蜘蛛。要是没有蜘蛛，那些贪官就什么都不恐惧了，但必然给大多数人造成伤害。

剑桥政治经济学系：流浪歌手那么能唱还流浪街头，他们是不是疯了？

疯了：歌手很能唱，且见什么人唱什么歌。比如见到漂亮的女孩他唱“对面的女孩看过来”；见到不漂亮的女孩他唱“我躲在三万英尺的云底”；见到穷人他唱“神啊，救救我吧”；见到富人他唱“爱拼才会赢”。但几乎所有的人都烦他们，这也就是为什么流浪的歌手赚不了什么钱的原因。就像是那些鼓噪的青蛙，整天哇哇叫，也没什么大事，而雄鸡只要一声啼就将人们从床上拉起。不是疯了是什么？

牛津哲学系：古时候的人是怎么知道 2+2=4 的？

古时候的人知道这个答案有两种途径。一、源于一种标准的家庭人口模式。夫妇两人，生两个孩子。如果生了第三个孩子或以上就要受到各种残酷的制约。没有避孕措施怎么办？“易子而食”，不论贫富。那时的“人肉”市场是很发达的，那时的人口就是这么控制下来的。二、货币交换形式。比如两只鸡交换两头羊；两头牛交换两袋粮。好算。

剑桥神学院：人类消失后，还会第二次出现吗？

答案一：会。那时出现的人类叫超人类。怎么又会出现呢？一种说法是：当时人类行将消失时，有个叫盖茨·比尔的全球超级富翁，买下整个火星居住区，而且只带走了 20 位全球精英，清一色的男性。他们不愁传宗接代的任务完不成，他们坚信：当初上帝一人就能造出人类，而他们有 20 人，这 20 人的智慧每人都不亚于上帝。这 20 人于是造就了一个纯洁的新新人类。另一种说法是：人类消失后，有一种叫“仁”的动物抑或植物乘机取代了人类，因为人类留给它们的印象太深，于是它们就沿用了人类的一些体制规则，也像模像样地过起了人类的生活。

答案二：不会。在人类一次巨大的核战中，地球被毁，还祸及月亮。因整个太阳系是一个有机体，另八大行星也都纷纷而去。球都没有了，还有个鸟人类！

『6人法则』实验报告

研究成果：美国某科学家经过数年研究后称，一个人要联系地球上任何一个陌生人，只要经过6个中间人（或者6封EMAIL）即可。

实验缘起：杂文作者陆春祥看到这条不起眼的成果，大感兴趣，当时就向有关媒体领导建议，派几组记者，验证一下“6人法则”是否真的存在，很有意思的。领导想了想说，操作难度蛮大的。于是陆春祥只有在“实验文体”里自己实验一番。如果读者感兴趣，不妨也亲身试验一回。

实验一：陆春祥——香格里拉县的一个姓陆的导游（还没去过这么美丽的地方，为以后的旅游方便提前做些准备）

1、找到报社跑旅游的记者A；

2、旅游记者A找到和云南香格里拉景区有联系的旅行社经理B；

3、经理B找到对方景区的某家旅行社的经理C；

4、经理C说他们旅行社没有姓陆的导游；

5、经理C于是找到分管人事的旅游局长D；

6、旅游局长D终于发现他们县某个极小的旅行社有个姓陆的导游，不过是兼职的。

实验二：陆春祥——南京一个姓陆的杂文作者（全国姓陆的发牢骚的不多，找找看）

1、找到实验文体的编辑M女士；

2、M女士找到南京的杂文家W先生；

3、W先生说，南京没有姓陆的杂文作者，但南京师大有个姓陆的研究生经常写时评，可他不认识，如果直接找就违反规则了；

4、W找到江苏教育厅的熟人A；

5、教育厅熟人A找到南京师大的学生处长B；

6、学生处长B找到姓陆的研究生，该研究生的全名叫陆××，是02新闻研究生班的。

实验三：陆春祥——美国总统奥巴马（看看跟海外能不能联得上，要联系就索性找个世界顶级名人，有趣）

1、陆春祥直接吩咐在哥伦比亚大学读研究生的陆地同学；

2、陆地同学找到哥大学生联络处负责人A；

3、A直接找到白宫总统秘书处；

4、秘书处一看是总统母校找来的，异常重视，直接报告总统。

实验四：陆春祥——陆春祥（杭州的陆春祥写了不少的文章，“春祥”不少，“陆春祥”不太多，全国的陆春祥肯定不少，如能找得到，

也是一件极好玩的事）

1、杭州的陆春祥先在网上搜索，在几万个陆春祥中一一查找，终于发现秦皇岛银行里有个署名“陆春祥”的发表有一篇论文；

2、杭州日报的陆春祥于是找到秦皇岛日报的B先生；

3、秦皇岛日报的B先生找到秦皇岛人民银行的C先生；

4、秦皇岛人民银行的C先生找到“陆春祥”工作的银行D行长；

5、D行长于是找到了秦皇岛的陆春祥。

实验五：陆春祥——本·拉登（如找到的话，5000万美元就吃穿不愁啦）

陆春祥想了半天也无从下手，第一个先找谁呢？难度太大。后来又想起一则报道说，美国人悬赏本·拉登，不想几天时间，来了许多本·拉登，而且都是真的。实验只得中断。

（后记：北京时间2011年5月2日消息，美国总统奥巴马宣布，“基地”组织领导人本·拉登已在当天的突袭行动中身亡，随后美国动用航母将拉登葬于北阿拉伯海。这就是说，事隔近10年，这位先生还是被找着了。不过，到目前为止，还没有人敢领这笔巨额赏金。人家说，不该拿的，咱坚决不拿，绝不能钱在银行，人在天堂！还据说，美国人为了抓他，已经花了差不多1.2万亿了，同志们，是美元噢。）

一份经典导游词

这些年去过不少风景点，回想起来，有一种感觉就是景点虽各有千秋，雷同的导游词却听得耳朵起了茧。一日闲来无事，索性凭记忆整理了一份，自觉全国通用，数十年不会过时。以下是简明摘要：

各位游客，欢迎大家来到我们这个著名的城市游览（语气自豪）。

我们先游览中国第一名洞（语气略平和）。大家首先进的这道门有两扇，左边为幸福门，右边是快乐门，幸福和快乐只能选其一（当心碰头）。你看这洞内仙山，森林茂密，还有一座座亭台楼阁，后面是一个很深很深的庭院，那是神仙们常游玩的地方。下边有牛魔王的洞府，这不正碰上孙悟空来向铁扇公主借芭蕉扇，铁扇公主紧闭洞门，喏，洞门上面就是孙悟空，他正急得抓耳挠腮呢。还有这么多的小猴子，也都是孙悟空的毫毛变的。那里像不像一头肥猪（母的公的大家猜），这儿还躲着一只羚羊（极有可能是珍稀品种藏羚羊）。这座山上还长满了灵芝，山的主人就是莲花宝座上的“观音菩萨”，边上那只猴子捧着仙桃好像在拍观音的马屁，底座下那对猎豹胆子真不小，竟敢偷偷幽会（此处可充分展开想象）。

这块玲珑别致的石头，只有勤劳的人才能敲得响（其实石头一敲即响），能敲响的游客准能发财（或智商极高），大家如有兴趣不妨一试。

这里是回音壁，大家齐声合力跟我喊“××××我爱你”（果然声震如雷，余音绕洞三分钟不绝）。再喊一声“我有钱”，钱钱钱，钱音绕梁。

我们再游览被称为世界第二的国家森林公园（语气平和）。大家沿我的手指眺望，怪石嶙峋处有位采药老人，白发飘飘，髯须长长，手里拄根拐杖，背上还有只药篓呢，大家猜猜看，篓里会有什么药（灵芝，又是灵芝，还魂草，还有艾滋病特效药）？这边有一棵树，是全球著名树种（全世界只存两株或三株）。再往上看有一瀑布，奔腾呼啸，飞泻入涧。嘘，请大家不要高声喧哗，瀑布下的池中有一只千年神龟，它非常害羞，一听见闹声就会躲进洞里。哈哈，很有幸，我们都能见到仙龟，它预示着大家都将健康长寿（据最新基因研究表明，活上千把岁已指日可待）。瞧，瀑布的另一边，有位仙女正尽情沐浴，美丽的仙发撩人情怀（以下描写省略 101 字），大家仔仔细细认认真真辨别一下，她是我国四大美女中的哪一位？

一天的游览相信大家都很尽兴，下面我们要去享誉全球的五星级 ×× 商店（玉器、石器、金银器）。俗话说，不买 × 器，枉游此地（语气激昂）。这里的产品全部正宗，店后有大型加工厂，大家可先参观制作过程（车间有十几个人七八台机器），再凭我发给的优惠券选购（每人限购两件）。

游览的幸福时光即将结束，我想和大家做个快乐的游戏轻松一下：每人对今天的游览感想形象地概括一句（素荤皆可，以下省 251 字）。然后每句话前都加上我说的一个词，这个词是（涉黄，不宜刊出）。

局长陆冬祥的电话记录

陆冬祥是我的三弟，叔伯的。我这个堂弟是我所有兄弟姐妹中最灵活的，脑子反应灵，说话节奏快，声音磁性强，魅力大。因为他的活动能力突出，他就成了我们这个市的活动局局长，据说，单为活动设局的，全国也是先例。

在偶然的一次同行中，我又充分领教了陆冬祥的活动魅力，仅以记录他路上的部分电话为证。

那日，我们大家都已在车上等他了，他才一边接电话一边匆匆地踏上车门：好好，好好，就这样，就这样，我到时一定给您电话。

等他放下手机，大家于是开玩笑说：陆局长真是日理万机啊。

一句话刚说完，陆冬祥的电话又响了：喂，喂，哪位？噢，王经理啊，您好，您好，不好意思，我刚刚从欧洲回来，对，昨天夜里从上海下的飞机，本来想今天就给您电话的，临时一个急事，我现在路上赶呢。什么？游欧洲的体会啊，蛮多的，一句两句说不清，到时一定详细汇报。什么？那个事体啊，你放一百个心，我基本已搞定，没有问题的，别人不放心，我还不放心吗？

车子已经开出十里地，陆冬祥还没歇口气，于是我很心疼地给他瓶矿泉水，让他润润嗓子。他一边说谢谢大哥，一边咕咚咕咚地猛灌水，就在他喘气时，那手机又顽强地响起来了，陆冬祥一边接电话，一边在骂：催命鬼，就不能让人歇口气啊：喂，喂，噢，李市长，您好，您好。那个外国佬，我也是一头雾水，本来说得蛮好的，的确没有面子，都怪我，都怪我，没有把工作做细做透，下次一定吸取教训。

接完这个电话，他一脸的紧张，然后叹了口气：招商引资，全国两千多个县，大家都要招商，哪有那么多的资好引啊。那个外商上次说得好好的，意向都签了，不知怎么被江洲市给挖走了。人家的条件就是比我们优惠嘛。

突然，陆冬祥又大叫起来，要死，这个电话怎么没听到了呢？我们都疑问：刚才所有的电话你都接了啊。他笑笑说：还有一只手机，我开着振动挡。于是他又连忙拨打过去，忙音，再拨，还是忙音，陆冬祥就一边拨一边埋怨：真是的，怎么老占线啊？终于通了：嗳，老K，不好意思，刚才我的电话开在振动挡，没听到。什么？一直占线，我也一直在打你的电话。晚上？在哪里？老地方？你有要紧的事？好好，我买单，我买单。噢，不好意思，我忘了，今天晚上可能回不来，什么？一定要赶回来？好好，我一定在八点钟赶到老地方。电话里的那个女声，我们大家都听得很清爽。

已经一个多小时了，陆冬祥还是忙着接电话。等他稍微空闲一点，有人就问了：你一个月要多少电话费啊？现在电话费都是包干的，有必要问清楚。不多，不多，现在都是套餐，交400块钱，可以无限打的，上个月才3000多，不打白不打。我熬不牢了：听说，手机的辐射很厉害，你不怕吗？陆冬祥很坦然地笑了：生死由命，管不了那么多。

就在大家要反驳陆冬祥的观点时，铃声又急急地响起：喂，喂，哪里，什么？这样的事也要找我，你们吃干饭的！对，你们要动动脑子，既要坚持原则，又要灵活运用，有什么责任我担着！什么？接待的标准？你们是死人啊，官大标准高，官小标准低。什么？得罪不得的小官，手上蛮有权的，那就提高两个档次！

我们中就有人说了，看不出啊，文文气气的陆局长也会骂人。陆冬祥于是就嘿嘿笑笑：没办法的，天天在打仗，弄得不好就得罪人，哪有你们潇洒。正在笑时，他的手机铃声又一次将大家的兴致打断：喂，喂，什么？然后陆冬祥就不出声了，幸好，这时车行进在平路上，稳得很，于是大家都听清楚了这个电话的内容：您好，这里是城北供电营业所，您的电费余额已不足，请在三日内到当地银行缴费，谢谢。

大家听到这样的电话都笑了，陆局长也不好意思笑了。

赛『思』会

一大帮朋友相聚，说来说去，就说到流行的段子上去了。许多段子，听听都极有趣，但只能限于饭桌上等小场所，大部分是不能公开发表的。一般这个时候的气氛却是很热烈，你来我往，一则比一则精彩，思维一个比一个敏捷，余下的只是笑声，只是感叹。

这里录下数则，大概是可以登堂的，不含什么目的，只有机趣。

1. 一道关于“瘫痪”的小学语文题

这是一个二年级的孩子家长提供的，他说，他为辅导这个题目也是伤透脑筋呢。这道作业题是这样的：

要求把以下四句话用关联词连接：

1、李姐姐瘫痪了；

2、李姐姐顽强地学习；

3、李姐姐学会了多门外语；

4、李姐姐学会了针灸。

（正确答案应该是：李姐姐虽然瘫痪了，但顽强地学习，不仅学会了多门外语，而且还学会了针灸。）

结果有一个孩子写：虽然李姐姐顽强地学会了针灸和多门外语，可她还是瘫痪了。

后来，发现更猛的孩子写道：

李姐姐不但学会了外语，

还会了针灸，她那么顽强地学习，终于瘫痪了。

李姐姐之所以瘫痪了，是因为顽强地学习，非但学会了多门外语，甚至学会了针灸。

李姐姐是那么顽强的学习，不但学会了多门外语和针灸，最后还学会了瘫痪。

李姐姐学会了多门外语，学会了针灸，又在顽强地学习瘫痪。

李姐姐通过顽强的学习，学会了多门外语和针灸，结果照着一本外文版针灸书把自己扎瘫痪。

大家听了后都笑成一团，有位专家型朋友一本正经地说：这道题本来是不难的，只考学生对连词的使用，但关键词“瘫痪”、“学习”、“外语”、“针灸”之间确实存在多种联系，也就是说答案可以五花八门，并不是老师要求的一种答案，而小学生的思维又是发散型的，于是这道题就彻底“瘫痪”了。

2. 一些成语新解

说到“瘫痪”语文题，大家似乎都停不下来，有好几个人又提供了他们家小孩子解释成语的趣事，说现在的成语有许多内容都变了，变得很切合实际了，一会儿工夫就凑成好几个成语新解：

[知书达礼]仅知道书本知识是不够的，还要学会送礼；

[度日如年]日子非常好过，每天像过年一样；

[杯水车薪]每天办公室喝杯茶，月底拿到可以买一辆车的工资；

[知足常乐] 知道有人请自己洗脚，心里就感到很快乐；

[见异思迁] 看见漂亮的异性就想搬到她那里去住；

[语重心长] 别人话讲得重了，心里怀恨很长时间；

[有机可乘] 出门考察有飞机可以乘坐；

[不学无术] 不要白费功夫学那些不实用的东西；

[夫唱妇随] 丈夫进了歌厅唱歌，妻子跟踪尾随。

3. 人口普查员

说完了成语，又有关于方言发音的段子来了，真是想不到，我们的语言是这么的丰富多彩。以下是人口普查员某天的基本工作，要比相声的捧逗哏精彩多了，甚至赛过赵本山的小品。

“请问您家里是几口人？”

“是一口人。”

“十一口？”

“不是十一口，而是一口人。”

“二十一口？”

“不是二十一口，其实一口人。”

“七十一口？不会吧？”

“不是七十一口，就是一口人！”

“九十一口？”

“对了，就是一口人。”

4. 小军的作文《星战传奇》

说完谐音，有人马上转到五彩缤纷的网络词语上来了，说现在的孩子真了不得，写出来的东西，我们大人都读不懂。你看看很 NB 的一篇作文：

人类联合组织派我去和沙克族的第二代幽灵战士 PK（决斗），在外太空我终于看见了这个走召（超）弓虽（强）的 SP（superman，超人）。一见到偶（我）他居然使出了久已失传的 KHBD（葵花宝典），偶（我）狂晕，kao（靠），外星人也用这种 X3L（下三烂）的招数，晕死了，偶眼珠子都差点掉在了地上，WOWO（语气词）。幸亏本人学到了一点 BXJF（辟邪剑法），加上 Kamehameha（气功波，源于日本动画片《七龙珠》），就挡住了他的进攻。

就当我要打赢他的时候，这个号称最 NB（牛逼）的幽灵战士拔腿就跑了。

我做梦都没想沙克星人就这样？居然派一个菜鸟 SP 来攻打地球，他边跑嘴里还 JJWW（叽叽歪歪）个什么，由于实在听不懂，我聚集了全身真气，发了个最强的 Kamehameha，把他咔嚓（杀）啦。就这样，这个号称宇宙最强的 SP 杀退，暂时保住了地球的安宁。

5. 择偶

说到这里，大家已经喷饭的喷饭，捧腹的捧腹，全部乐坏了。又有人甩包袱：哎，大家静一下，静一下，我说一下昨晚看的相亲节目《非诚勿扰》。

悟空和唐僧一起上江苏卫视《非诚勿扰》。

悟空上台，24盏灯全灭。

理由：

1. 没房没车只有一根破棍；

2. 保镖职业危险；

3. 动不动打妖精，对女生不温柔；

4. 坐过牢，曾被压五指山下500年。

唐僧上台，哗！灯全亮。

理由：

1. 公务员；

2. 皇上兄弟，后台最硬；

3. 精通梵文等外语；

4. 长得帅；

5. 最关键一点：有宝马！

现在各种研究已十分细化，其深度、广度、新颖度都到了空前的高度。以下是F高校某研究员的两份关于李白研究的最新论文提要。

其一：《论李白“静夜思”之反逻辑性》

内容提要：

一、前两句“床前明月光，疑是地上霜”，逻辑明显混乱。明月光怎么会是地上霜？地上霜又怎么会是明月光？明月光既不可能是地上霜，地上霜更不可能是明月光。明月光要成为地上霜，只有一种可能，但这种可能到目前还没有研究出来。

二、后两句“举头望明月，低头思故乡”，用字明显累赘。又“举头”又“低头”，前一“头”为何不换成“昂首”、“翘首”之类，后一“头”更可以“俯首”甚至“垂头”替代，既思乡心情一定忧郁，“垂头”反而贴切。另外，五字纯属多余，完全可以减字成“举头望月，低头思乡”，“乡”难道不是“故乡”？同理，上两句也可变成“床前月光，疑是白霜”。此所谓“增一字太多，减一字太少”。

三、整首诗还存在两处严重问题，其一是毫无唐诗之韵致，完全是大白话、顺口溜的凑合，充其量也只是现代小学水平，当从另一角度考证此诗系托李伪作；其二即有悖于常识，不是说“月是故乡明”吗，这李白怎么将他乡的月亮弄得这么明呢，是不是写诗的那天晚上多喝了两盅就赞美起“他们东北人都是活雷锋”了？

其二：《论李白诗“夸张”系“牛皮”之发轫》

内容提要：

一、夸张之失度。“白发三千丈”，“飞流直下三千尺”，“蜀道难，难于上青天”，等等等等，有谁见过这么长的发、这么高的流？有谁试过这么难的道？今天的事实（蜀道早有成渝、成昆铁路），明天的展望（基因研究人寿命再长，白发也养不到三千丈），一切都不能证明李诗之合理性，夸张向前多迈一步就成牛皮了。

二、杜甫的评价。“天子呼来不上船”，酒一喝高兴，他就不知道自己是谁了，感觉特好，皇帝来叫（做官？谈诗？吹牛？）都不给脸，他怎么会为官而折腰呢？且慢，这又是牛皮透顶！这李白是官当不上去的苦，不然，他为何要到翰林院去做官？“李白斗酒诗百篇”，也是不着边际，一斗酒有个一两篇就算高产作家了，要弄上百多篇，还不知道要往诗里掺多少水呢。如果事实不是这样，要么是李白吹牛，要么是杜甫替李白吹牛。

三、结论：

只吹长坂坡，不提走麦城。李诗开发了“牛皮”，并将“牛皮”系统化，还上升到一定的理论高度。可以这么说，在“牛皮”技巧的娴熟运用上，李诗是有不可磨灭的功劳的。

另，该研究员还根据李白诗的某种意境，结合自己的创作实践，将“静夜思”改写成：床前明月光，地上鞋两双。某某某某（涉黄，省略），还思啥故乡？他认为这样的作品才让人充满想象，拟将作品广投海内外报刊。

我将正在筹办的“乐氏点子公司”一份关于如何找钱的文案公之于众，一石击水，试试有无波澜，再定公司开与不开。

1、做职业“新闻线人”。各媒体都打出有偿征集新闻线索的口号，几十元起步，高达千元，连云港有个叫林子的人一个月就从南京某报社“挣”了1700元。

2、吃馆子“找碴”。国家正在打击偷税漏税，可以专门举报餐饮业中这种现象。税务部门规定，对不给消费者出具发票的饭店处以500元的罚款，其中30%奖励举报人。哈尔滨有个叫王宏伟的一个月举报8家，获得千元奖金。

3、代客道歉。只要一台传真机、一部电话、一叠名片、一只手机即可开张，主要服务内容为代客道歉、应邀骂人、替人恭维，每次收费百余元，为顾客排忧解难。开先河的广州，此项生意市场前景相当明朗。

4、减压发泄工作室。现代人生存压力越来越大，资料说53%的人有不同程度的心理健康问题。这个工作室南昌已出现，专供顾客撒气甚至砸东西，并有模拟人配合。

5、性感训练室。今年已设男人节，据说大部分男人ED得相当厉害，因此，运用心理疗法治疗性功能障碍的“性感训练”就事关国家的稳定。听说某医院的性感训练室半年仅收治患者十余对，但除去遮羞布，生意肯定会好起来的。

6、争取“保险内裤”的专利生产权。辽宁赵某已向国家知识产权局提交了“保险男女内裤”发明专利申请，这种内裤的主要功能是防止不正当的性行为。我认为此裤的市场前景不亚于盖茨的那个产品，因为：成年人必须要穿，不穿即会遭猜忌，有乱交之嫌疑；内裤销量极大，中国人又多，还可扩展到全世界，真是金山掘不尽。

7、欢笑诊所。心情愉快舒心欢笑对病人治病极有帮助，可开设“欢笑俱乐部”或“欢笑诊所”。印度各大城市的公园里会有男女老少站成一圈一遍又一遍地哈哈大笑之晨练趣景，效果真当不错。

8、“讲稿罐头”。针对本国会议多、领导干部多之特点，可研制一种“讲稿罐头”，内有五花八门的讲稿让其发挥，每稿最长不超过三分钟，并按内容分类。如此，各级干部就不会为开会发言伤脑子，秘书用不着，机构精简也就落到了实处。

为公司生存计，暂举数个点子抛砖引玉。各位若有兴趣，可在适当时候向本公司详细咨询，公司点子库备有N个赚钱方子按价出售。

老B做台账

这段时间，A局的老B忙得不亦乐乎。忙什么呢？忙为迎接上级考核组而准备的各种台账，因为这是必查的。一次考核要查的台账很多，老B负责的是关于“党风廉政建设”。上级考核组对此项的明确考核要求是：局党委每年开会专题研究不少于三次。现在头痛的就是这三次专题研究的台账。头痛的关键在于，局党委因为工作繁忙，压根儿把这事给忘了，这就等于说，老B一个人要掀起“头脑风暴”，连续在头脑里开三次党委会，而且每次内容都要有所侧重。

幸好，老B是老角色了，虽然这个内容没做过，但做这种事情已有多年的经验积累了。以下是老B脑子里的第一次党委会专题研究内容。

时间：某年2月8日

地点：局8楼小会议室

出席人员：C书记，D局长，E副书记，F、G、H、I副局长，J纪委书记，K委员

列席：办公室L主任，纪检室M主任

主持：C书记

C书记：我局的党风廉政建设，这几年在上级党委的关心支持下，取得了明显的成绩。廉不廉，看过年，为进一步落实上级有关精神，使我局的党风廉政建设出现更喜人的势头，我们在春节前召开会议专题研究这个问题。下面请各位同志结合分管工作和自身实际，提出建设性意见。

D局长：这个事情由C书记一把抓，我主要在经费上支持。比如新的一年里要保证在座同志一次出省取经交流的机会（可参观香港的廉政公署），主要领导出国取经（这方面菲律宾不行，新加坡就搞得很好），党员到圣地或诞生地接受现场教育，请党校教授为全局员工作两次以上讲座，动员全局员工集体扶贫帮困一次以上。

E副书记：我主要是配合。有两点建议：搞一个反腐倡廉图片展览，将我局这几年涌现的成果逐一展示；和教育局联合搞一次学生征文比赛。届时，请媒体配合一下，我们的工作会得到更多人的关注。

F副局长：我分管的某所最近出了件党风廉政建设方面的典型，O副所长将一私营业主送他过节的一张卡、四条“软中华”、两瓶茅台全部上交到所。我建议作为重点宣传并且在全局大会上表彰一下，使我们的廉政氛围更浓厚。

G副局长：我们的廉政教育一定要将受教育面扩大，我分管的离退休干部职工也不能漏了，教授上课的时候也要通知他们来听听。

H副局长：我认为党风廉政建设要将务虚和务实结合起来，也就是说我们要制定一些切实可行的措施和制度。比如我们每个人工作用车的节支问题，比如一直居高不下的招待费超支现象，还有一些和领导有关系的合同工的清退，都要列入本年度廉政建设的议事日程中来。

I副局长：我同意H的意见，我的意思是将那些司机清退。据我所知，班子成员都已拿到了驾照，一个驾驶员的开销一年也不好说了。

J纪委书记：这些年我局的反腐倡廉工作还是很有成效的，但根据上级精神，今年重点要查一查下属各单位的小金库。下属有些科所长，有时出手比我们局里还派头，天天像过年，日子好过得不行，这严重地损害了我局在群众和领导中的形象。小金库该收的一定要收，不能看着他们犯错误。

以下省略部分插话和讨论——

C书记总结：今天的会议开得很成功，大家都对新的一年里进一步搞好党风廉政建设提出了建设性的意见，希望会后各位将精神贯彻到具体的工作中去，做到思想重视，组织落实，经费保证，人人见效，使我局的党风廉政建设更上一层楼。还有没有发言的？没有的话，散会！

老B特别交待，台账顺利通过验收的关键是不能露破绽。比如会议日期不能在双休日，也不能和局主要活动有冲突，还得和各位与会人员的笔记吻合：要将台账内容重新誊录到各位领导的笔记本上。另外，几次台账使用的墨水颜色也要注意，要有区别，要用钢笔、圆珠笔错开。切记，切记。

谢谢国人生气

题记：26年前，龙应台写了《中国人，你为什么不生气》，对国人（台湾）的麻木作了针砭；26年后，陆布衣写了《谢谢国人生气》，对国人（大陆）为权利抗争而高兴。

工人们生气了。

H厂A工人说：“我们每月省吃俭用，结余只有400余元，而资方员工的工资是我们的50倍。”B工人在网上这么描述工资增长速度：“我在H干两年半了，第一年工资涨了28元（理由是公司刚起步很多项目还没投产）；第二年涨了29元（理由是公司部分项目尚未完全投产）；到了第三年在项目全部投产后也仅加了40多元。”最近，F厂的工人接连跳，更让我们认识到：苦啊累啊都是有限度的，当工作的高强度与紧绷的神经、前途的绝望结合在一起时，谁还能挺下去？我们不是机器，机器还有检修的时候；我们是人，我们有人的基本需求，我们要做人的尊严！

农民们生气了。

明明说好一天多少钱、一月一结账，为什么干了半年一年了还不给我们钱？我们找这个不理，找那个没用，这不是逼得我们跳楼吗？多少良田耕地，几万块钱就给卖了，今天卖一片，明天卖两片，这一届卖十几片，下一届卖几十片，你们难道就会卖田卖地创收吗？发展经济就是卖田卖地吗？你们不会干点别的什么事？都卖完了，你们的子孙怎么吃饭啊？还我清清的河流，河里的鱼、沟中的虾呢，都远走他乡了吗？都移居别处了吗？我们真是怀念啊。

领导们生气了。

“这是政法部门的耻辱！”河南省商丘市政法委书记王建民，握着冤狱十多年的“杀人犯”赵作海的手生气地说。赵作海回忆起当时在派出所遭到刑讯逼供的情景：警察在我头上放鞭炮，被打得不行，差不多有一个月，天天都觉得自己快死了，喝一种掺了药的水，发晕，但不让睡觉。一个让人毛骨悚然的情节是，警方要求赵作海说出把头和四肢扔在哪里时，赵居然托人带话给妻子，让她把自己父母的坟挖开，把头和四肢拿出来交给警察。赵作海啊赵作海，如果赵振晌不回村来领老保呢？你只能老死在牢里了；赵振晌啊赵振晌，你还要回来干什么呢？你一回来，那些过着安稳日子的办案人员可就要进去了呀。因为领导确实是生气了，大大地生气了，常识啊，都是常识，为什么会错成这样？

他见到我就停下车来了，而且马上派个秘书来问我，多大年纪了，姓什么叫什么啊，更可恶的是，他居然当着这么多人的面提出，要我上他的宝马车，跟他走。

——《我的拒泡经历》

连想健康的人们也生气了。

前段时间，各地买绿豆的人络绎不绝，64岁的老张说："以前就知道绿豆败火，看了电视才知道，绿豆还能养生治病呢。"老张把20斤绿豆装进拉杆车里，"贵也得喝啊，谁让它能治我的高血压呢。"一斤小小的绿豆，被一个叫张悟本的"神医"整得从四块多涨到十块。吃出来的病，能吃回去吗？张悟本说，能，肯定能。不吃绿豆，那就吃茄子吧。一有"病"的小伙子说，别提有多难吃了，就像吃木头似的，虽然难以下咽，但是为了健康，我还是硬着头皮吃了下去，第一天吃了一个生茄子，第二天又用同样的方法吃掉了两个。吃完不多久，肚子就不好受了，接着就腹泻不止，本以为坚持一下就能过去，结果撑了这么长时间也不见好，只好去看医生，还是不见好。专家说：那就吃生泥鳅，能彻底根治的！布衣我焦急上火，也是半信半疑地吃过两条生泥鳅的。前两天，四川已有100余人因生吃泥鳅住进了医院，孩子他妈说，不会吧，我是严格按书上说的程序操作的。“最好的医生，是自己；最好的医院，是厨房；最好的药物，是饮食；最好的疗效，是坚持！”听听，张悟本这话太有道理了，我们能不信吗？我们毕竟不是专家啊。

还有：文章被人抄，生气；成果被人窃，生气；汽车被人划，生气；房价涨得快，生气；读书读不起，生气；看病看不起，生气——大事生气，小事生气，碎事也生气；你生气，我生气，他生气，还有人为生气而生气。

布衣笺注：

工人们生气，是因为权利觉醒了；农民们生气，是因为意识提高了；领导们生气，是因为问题暴露了；想要健康的人们生气，是因为素养增强了。

中国人，你们生气吧，请你们一定不要不生气，你们生气，说明我们还没有麻木，表示我们的社会正在进步。谢谢你们生气！

将会议博彩一下

写下这个标题，其实有点冒险，你不能如此调侃让人欢喜让人忧而又须臾不能离的会议啊？好在我是有借鉴的，不能算原创，所以我不怕。

有位名叫克劳的在中国生活了20多年的美国人，写了本很噱头的书叫《洋鬼子在中国》，讲的是100年来外国人在中国的各式各样生活，其中一段是由一个叫舒尔曼的美国外交官引出的趣事。他的趣事是我借鉴的原点。

这个舒尔曼博士被称为一流的演说家。他总按照课堂上的说教方式发表演讲，很多人并不看好他的演讲，但又不能不去。美国公使馆一个秘书于是想出了一种被称为“舒尔曼演说博彩”的游戏，这种游戏彻底打破了舒尔曼演讲的沉闷气氛。游戏操作非常简单，它使每一次演讲都变成了令人兴奋的成败未卜的事件。如果要参加这个游戏，每人先支付购买奖券的一美元，然后抽一张有编号的奖券。舒博士的演讲被设定为4小时，这4小时被分割成24个时段，每个时段10分钟，奖券编号与他结束演讲的时段相符就是中奖。博彩甚至还有一张被称为“外场”的第25号奖券，如果超过了4小时，第25号就中奖。

结果我们可以想象。抽到第一个小时内的奖券，几乎不可能中奖，除非发生某个无法预料的事件。当演讲进入第二个小时内，游戏开始变得有趣起来。如果演讲人表示出疲劳的样子，那些后面编号的奖券持有者马上很真诚地很热烈地鼓掌。舒博士一听反响如此强烈，立即受到鼓舞，一激动就提神，于是再滔滔不绝下去，越是后面的编号越希望他讲下去，掌声总是此起彼伏，直到演讲结束。舒博士曾经对人说，他从未遇到过像北京听众那么具有欣赏力的任何听众。

仿“舒博士演说博彩”法，我为我们的各类会议也设计了“会议博彩”通用版本，目的是让与会者坐得住，听得进，变枯燥为有趣，变负担为期待，变被动为主动，从而大大提高会议的投入产出比，使会议开出预期的成效。

各类正规会议。事先印制入场券，一券一号，将所有的号都输入电脑，随机抽奖。可以设置多类奖项，提高中奖率。比如猜测像舒博士那样的整个会议结束的时段奖，半天一天两天三天四天五天甚至十天，这样的奖有助于培养与会者的耐心，因为有奖可兑啊；比如对主要领导讲话的时段猜测奖，15 分钟 30 分钟 1 个小时 2 个小时 3 个小时甚至更长，这样的奖有助于集中与会者的注意力，因为有的领导即使到下午十三点，大家肚子都咕咕叫的时候，他仍然没有停下来的意思，他还有很多重要的要求没有强调呢，没强调完会后怎么贯彻？比如对讲话领导的人数猜测奖，凡坐台上的，总要讲几句，即便是后一个对前一个讲话进行总结，说我没什么好讲了，也仍然要讲，不讲以后人家怎么看我？即便后面的后面还是重复，说我没什么好讲了，也仍然要讲，不讲回去如何向单位交代，因为你代表一个部门啊？可以这样说，只要真用心，细分类，这类会议是完全可以设置出很多奖项的，至于奖励来源，不用多考虑，完全可以打入会议成本，经费充足得很。

各类研讨会专题会。这样的会太多了，列举不完，我估摸着，这一类名堂的会要占整个会议的一半左右，这也是拉动会议经济的主力军。这一类会议设计比较简单，但也可开出精彩。还是一人一券，不过这个券可以有多种设置法。比如新产品定审会，假如来十五个专家投票，那么，可以设置成：满票，14、13、12、11、10、9、8 票，出现七票的可能性几乎没有，拿了人家的红包，票能不投吗？为了显得公正些，可以有一些反对票，那也是安排性的，不会超过半数。比如一个作品研讨会，假如来 20 位专家，那么，可以设置这样的票：让大家猜测专家的发言内容，假设每个专家一共讲 10 句话，那么，表扬的话好听的话肯定的话鼓励的话和挑错的话不足的话有待提高的话，如何占比？ 10:1、10:2、10:3、10:4、10:5，五种差不多了，只要是还识时务的，谁会10:6、10:7，甚至10:8、10:9？开研讨会嘛，总有可以肯定的地方，即使很烂的作品，他的写作精神坚持程度总可以肯定一下吧。我们总是要以鼓励为主的，谁不知道，文章哪经得起人家细细地评啊？余秋雨，牛了吧？还不是照样“致仕”都弄不清楚？再说了，不足讲得太多，对你有什么好处？显能耐？有宿仇？对他好？为他好？

各类专家讲演会。这个类似于舒博士讲演，基本可以仿照，但世易时移，程序设计上还需要改进。改进的主要方面是，不以时间为段设奖，因为，不论是官员型专家或专家型专家，他们都非常惜时，并不会像舒博士那样拖很久的。所以，可以从讲演内容模式着手。这有两类，一类是他在演讲现场的内容模式，比如经济类：先国际，后国内，再结合演讲地的形势。常用手法是模糊加精确，模糊的是他的判断，如果他要很果断地判断，那他就死定了，你说股指一年内会到多少？你言房价会不会跌？你估计CPI涨多少？你猜测就业率提高多少？所有的需要具体的他一概模糊，模糊了才进退有据；精确的是他提供的一些数据，哪一年股指如何变化的，很生动，哪一年房价如何走势的，很形象，前一个季度CPI涨多少？很夸张，前几年大学毕业生的就业率是多少？很真实，所有的数据都言之凿凿，有好多还是外国的内部的绝密的一般人听不到的，这些数据很新鲜啊，不新鲜哪还叫专家？然后，宏观加微观，例子加段子，为什么要讲段子，一是为了生动，二是显示敢讲，我是专家我怕谁啊！另一类是通过比对专家在演讲现场和见诸媒体的外地讲演内容，这个比较简单，百度一下，主要是比对内容的相似度，相似度分 90%—100%，80%—89%，70%—79%，60—69%，50%—59% 五类，以下皆不考虑，因为按一般常规，后面不太会出现了。第一类出现的概率最多，基本只是地点啊人名啊什么的变一下，因此中奖率也最高。讲演内容不是说专家不想变，他其实很想变啊，可是，邀约不断，开价诱人，他还有多少时间去研究去思考？只有请大家多原谅了！

等等。等等。到目前为止，我们还没有想出更好的提高会议效率的办法，那么，这个会议博彩不妨一试，你能拿出别的更好的办法吗？！

鉴于我们的会议实在太多，要精细地设计每一类会议的博彩标准和细则，估计是一项系统工程，我这里只能原则性地提出一些思路，肯定挂一漏万。再申明一下，本文的宗旨绝对是想改善一下我们的会议，开好会，会开好，开会好，仅此而已。

或曰：假如有一天，各位专家风尘仆仆远道而来，认认真真坐下来开你陆布衣的作品研讨会，你不是自己掌嘴吗？没事没事，该怎么的还怎么的吧！

致爱和乐全能全脑之陈功雄博士

一个偶然的时间（2011年6月8日在丽江虚度光阴百无聊赖的夜间），看了一档偶然的节目（山东电视台读书频道“天下父母”栏目）。思之再三，觉得这封信还是应该写一写，写给台湾陈功雄教授的“爱和乐（yue）全能全脑教育音乐”项目。

陈教授已经很有名了。当他白发苍苍而精神矍铄又唱着“我爱你中国”的红歌出现在主持人面前时，我很感动。这样一位老人（其实不老，他说70岁），红光满面，身体倍儿棒，他说他每天晚上工作到凌晨三四点，从来不知道腰酸背痛，靠的就是爱和乐。什么是爱和乐呢？这是他研究并实践30多年的“教育方法”与“教育目标”。以经典音乐帮助众多的儿童和成人开启人类的智慧，简单说来，就是要开发我们的右脑，用爱的理念和音乐来开发。三个月就会有效果，百发百中。

于是，陈教授在和主持人的一问一答中，把爱和乐的神奇一一展现给我们。重点是胎教和儿童早期教育。也就是说，这个12张从成千上万首外国古典音乐经典中选出来的CD，基本上是万能的。

如果你用爱和乐做胎教，那么生下来的婴儿就有八大特征：

总是笑眯眯；晚上不哭闹；喜欢亲近人；提早会说话（有的八九个月就会背唐诗）；脸蛋秀丽可爱；眼神聪慧明亮；左右脑均衡发育、双手万能；长大IQ高、EQ好、CQ强。

如果你的孩子听了爱和乐，那么，在这样环境中成长起来的学生就具有四大优势：

更聪明，有智慧，富有创造力；功课不再是压力，学习成为一种乐趣；能动能静，规矩好；有爱心，能孝顺，人际关系佳。

如果你听了爱和乐（比如年轻人），那你就会明显具有以下三大特征：

较自制、较合群肯助人、较体贴关心；较和平、较民主、较能三思而行、表述能力较佳、社会决策能力较佳；能改善睡眠的质量，让白天精力充沛，头脑清晰。

陈教授强调，三岁看到老，因此胎教和用爱和乐教育婴儿至关重要。他随手举例说，某婴儿生下来，53天会叫妈妈，某一周岁宝宝，《论语》、《道德经》倒背如流。

为了配合现场的互动，有一年轻母亲手里抱了个宝宝，又牵了个孩子上来表演了。说宝宝5个多月，脚已经很硬，这么长时间节目做下来，很安静，不哭也不闹，还很认真在听；男孩是2003年生人，妈妈说学什么都特别快，两岁多学《三字经》，两个星期就会背。男孩现场还表演背一段《道德经》，众目睽睽之下，虽有两次停顿，还算顺口。

看完节目，我真是太兴奋了，辗转反侧，夜不能寐。我心急啊，急于将这个好产品推荐给我的亲朋好友及其他广大朋友。这可是个了不起的发明啊，它能将我们民族的整体素质提高一大步，而且是从娃娃抓起，不得了的事情!

第二天早餐时，我忍不住向几个同事推荐了。当我说到爱和乐宝宝 53 天会叫妈妈时，一位正准备做妈妈的将眼睛瞪得铜铃大：53 天？我的天，是人么？不会是神吧！于是，大家七嘴八舌对爱和乐宝宝的八大特征提出不同看法，主要归纳如下：

总是笑眯眯、晚上不哭闹：哪个孩子一天到晚会哭丧着脸呢？吃饱喝足时，不睡觉干什么？闹夜的宝宝不是绝迹，而是很少，原因多种多样。这两条基本上不能说服他们。

脸蛋秀丽可爱、眼神聪慧明亮：都说现在的宝宝是天使，天使就是可爱嘛，我们报纸这几天不是在搞健康宝宝评选活动吗？那些宝宝简直可爱透了，要多可爱有多可爱，要多漂亮有多漂亮，没听说是爱和乐的宝宝啊，都是各自养育的结果。因此，这两条也基本说服不了他们。

喜欢亲近人：很多宝宝并不专盯父母，只要你不是凶神恶煞，孩子很乐意让你抱啊，整天妈妈或阿姨抱着，宝宝也可以换换新鲜呢。说到这一条，大家叽叽喳喳，说这个不能算爱和乐宝宝的专利。

左右脑均衡发育、双手万能和长大 IQ 高、EQ 好、CQ 强：这两条更无法检测了，你怎么能这么肯定他是均衡发育，还双手万能？什么叫万能？就是我随便做什么都特别好使？拉小提琴、弹钢琴、写书法、画画？学什么成什么？否则还叫什么万能？长大后的事你能判定？扯远了吧！大家都说这两条是扯蛋，不是一般的扯，是挺严重的扯。

提早会说话（有的八九个月就会背唐诗）：这一条我当时也有些疑问的。53 天会叫妈妈，没有一个人肯定，只说是巧合罢了，你不能拿一个婴儿 53 天的时候发出一个很像妈妈声音的趣事当作你成功的案例哎，这样做显然有些不地道。

整个餐厅闹得不可开交，大家纷纷质询我，好像我就是陈博士，我连连摆手，你们不要针对我啊，我只是把一个新的能改变我们命运的好东西介绍给你们噢。

我想，即使大家的质疑都成立，但仅凭几个不足和缺陷，就把陈教授几十年的努力全盘否定，是有失公允的。我要维护你们，我一定要用更多的事实维护爱和乐。于是我上了你们爱和乐的专门网站。

说实话，你们这个网站还是比较火的，比较专业，并且充满了商业的味道，因为不断跳出来的垃圾框框让你防不胜防，你们的主要意图很明显，让人尽快购买12张CD和其他的配套产品。CD不好说贵，我觉得哪怕360元再溢价十倍一百倍，也会抢购如潮的，因为这关系到孩子的一生哎。配套的东西也太多了，比如专业音响，因为CD要用音响放啊，于是你们指定了一种1380元的音响，估计不用这种音响就达不到爱和乐的效果，达不到爱和乐的效果，那岂不是白弄了？还有，你们网站一定要我们大家注意识别，买正版的CD，因为这是你们花了3000万新台币，在欧洲请世界级的交响乐团专门演奏录制而成（这个我还有些怀疑，几百首世界级别的交响乐，专业制作，后期制作，不是几百万人民币能拿下来的吧）。为了防止大家买盗版或自已刻录，你们网站还郑重告诫大家：刻录光盘会丢失某些重要的频率，虽然大人听不出不同，但孩子能听出来！这里我有些不明白呢，舒曼、勃拉姆斯、肖邦、宾基、德彪西，这些名家的作品，专业人士分辨起来都累，没有听过的孩子能听出不同来？还有，什么叫重要频率？正版CD里难道都有重要频率？前段时间我买了几张肯尼基的萨克斯CD，我真不知道有重要频率，我只认为，正版可能音质会好一些，听起来舒服一些。

此后的一段时间，只要有机会，在合适的场合，我都会向人们不遗余力地推荐爱和乐和陈功雄教授，我甚至还有想法，要搞一场活动，专门请陈博士来我们这里做讲座。用事实说话！

所以，为了使爱和乐更完美，我在这里向功雄博士提两条意见和建议，以便您在下一次的演讲中注意改进，只要注意了，我认为我同事们的那些非议和妄议都会不攻自破的，说实话，我对爱和乐寄予厚望。

第一，在所有的节目中，请注意宣传和广告的尺度，最好不要举53天就会喊妈的例子，要举也要加个100天，153天，差不多半岁了，叫的可能性也大些，尽管您已经在全中国的范围内作了近3000场讲座了（小心别累着，毕竟70岁的人了），还是要注意可信度。音乐能很好地陶冶和熏陶人的情操，从而促进人的成长，这一点谁都不会否认，只是它没有这么神奇吧，如果像先生说的这样神，那世界早就大同了。

第二，在你们的专业网站中，把那些不实的甚至有些骗人的内容去除。我知道，教育和商业是一对矛盾，但一定不要混淆其中的概念，鱼和熊掌得兼的事是很少的。以我的本意揣测，您的初衷绝不想这么干，是您身后的团队让你身不由己了，这就违背了您的研究本意，您只是想用您的研究，来不断地开发人的右脑和潜能，从而创造人间乐园，世界天堂。但有一点千万注意，钱多了，或者钱来得快了，人就会不太规矩，请注意保持您音乐教育家的风范。

以上言论，如有冒犯，敬请谅解，布衣我对您和您的研究及您的产品，还是怀着十二分的敬意的。

神第四

我的拒泡经历

秦罗敷自述

陆布衣记录

你们说我拒绝太守泡我的经历，大长了我们姑娘的威风？其实也没有那么传神，我只是坚持了自己的操守，做了我应该做的事情。

先谈一下事情的经过？好的。这个事情还要慢慢说来。

我们这个地方呢，盛产蚕桑，因为土质的关系，桑叶质量非常好。所以家家户户都会养蚕，这是我们的主要经济来源。

五月的一天，太阳刚露脸，我就准备去陌上采桑了。陌上具体在什么地方？噢，不太远的，就在我们城南这一头吧。当地政府把采桑看成是一项重要的活动，每年都要办节来庆祝，既然重要了，那一定要盛装，因为这里经常来各国的参观团取经团还有采访团，尤其那些记者，很喜欢拍照，拍照是会影响形象的，所以，我们都很在意形象，因为这是地方形象，甚至是国家形象呢。

我长得很漂亮？谢谢你的夸奖了。大家确实说我长得比较好看，我也得过好几届的选美小姐冠军、模特大赛冠军、旅游小姐冠军，知名度还可以。所以，我出门采桑要做很多的准备工作。说实话，我喜欢这项工作，我认为，劳动就是美，工作着是美丽的。我的采桑篮子非常精致，用黑色丝绳做篮子上的络绳，用桂树枝做篮子上的提柄。你看这张《汉朝第一财经日报》记者给我拍的照片，头上梳着堕马髻，耳上挂着明月珠，穿着紫短袄，围一条杏黄色绮罗裙。这样的装束是很有个性的，既不张扬，又能反映出我们青年的精神风貌。

我就这样出门采桑了。虽说我不是大明星，但我出门还是会引起一些轰动的，为了这个事情，我爹都说了好多次，不要太张扬，要防止那些不怀好意的人，虽然社会治安还可以，但也要防止意外。有多轰动？一般一般，去年有个诗人这样写过我，叫什么名字我记不得了，他也没寄样报给我，我只是听好朋友和我说起过，有几句倒有印象：路上行人看到了罗敷，就放下担子抚摩髭须；少年看到了罗敷，就脱下帽子整理发巾；耕田的忘了犁耙，锄地的忘了锄头；耕锄者归来还相互抱怨耽误了劳作，只因为看罗敷。

布衣同志啊，我的回头率真有这么高吗？我看那个诗人有点过头了。出门的时候，一路走去，我都是很客气地和他们打招呼的，行人放下担子专门看我，估计是歇歇脚吧；少年脱帽整理发巾，可能是长期没洗头痒痒了呢；至于耕田的锄地的大叔大伯们都忘了劳动，还互相抱怨误了时间，我也并不这么认为，我经过他们身边的时候，有多大一会啊，我也要赶路呢，他们自己偷偷歇息，全都赖我头上了。我认为那个诗人观察得不仔细，有点以偏概全。

好，现在可以重点说一下我拒绝太守泡我的经历了。

你说气不气，那时我正聚精会神地工作着，那个什么太守带着一伙人从南边过来了。他们开着宝马，一行人浩浩荡荡。下乡考察就下乡考察呗，我最看不惯那些当官的，整天晃来晃去，说是调研考察呢。他见到我也停下车来了，而且马上派个秘书来问我，多大年纪了，姓什么叫什么啊，更可恶的是，他居然当着这么多人的面提出，要我上他的宝马车，跟他走。

本来我也就忍了，当官的都不好惹呢。这个太守平时大概泡妞泡惯了，见着好的就想上。我罗敷可不是那么好惹的，今天偏要和他较较劲。

硬来肯定不行，我爹告诉我，要好好保护自己。我想，当官都要面子的，我还是说理吧，我口才还可以，学校里参加过辩论大赛的。

于是我说，太守大人怎么这么糊涂啊，您是有老婆的人，我也是有丈夫的人。您不是经常到处做报告吗？我们要做守法的公民，我们要做道德的模范。今天我不答应你，也是为了您的政治前途啊，到时纪检委查起您的业余生活，您怎么说呢？

当我说了这些话的时候，太守脸上已经挂不住了，但他没有发作，我估计他是不太相信我的话呢。那我只有再把我的丈夫吹一下（其实我还没有男朋友呢，这个您一定要替我保密的，拜托了），让太守彻底死心。

于是我就狠狠地虚构了我未来的先生：一千多车骑从东方驶来，我的夫婿就在最前头，用什么来辨识我的丈夫呢？那白马后面跟着黑色的小马，马尾上系着黑色的丝带，马头用黄金丝支撑着的就是。我先生腰中佩着鹿卢剑，那可是很值钱的噢，千万元呢。他年轻有为，15岁就考上政府部门的公务员，因为工作优秀，20岁就调到了中央，30岁就做到最高领导人的专职秘书了，40岁就做了直辖市的市长呢（有意吹一下，其实也是太守），您是什么级别？正厅还是副厅？我先生不仅有才，他还很有貌，洁白的皮肤，脸上长着疏朗的胡须，气质非常好。有时政府开各级干部大会，几千人参加，大家都说我的丈夫与众不同！

那个太守最终还是平静下来，大概是自愧不如了，他和秘书说，那咱们走吧。说实话，我还是挺尊重那个太守的，毕竟是高级干部，素质还可以，不像有的干部硬来，我当时也有点害怕，如果硬来，我也是怕的啊，怕他给我们家还有我们这个地方穿小鞋呢。

要我对其他姑娘说几句拒泡心得？好的好的。其实也没有什么，我就是认为，生活中诱惑是很多的，特别是像我们这样长得比较出挑的姑娘，但姑娘们千万要记住一点：只有自己才能创造自己的世界，请一定要尊重自己。这就是我悟出的生活原理呢！

凭我的诗文功底，终于在 868 年考上了状元。因为我的试卷《论把润州（镇江）三年建设成唐朝国际花园城市》还有些新意，引起了国家考试院领导的高度重视，于是组织部门考察流程很快走完，破格提拔，直接任命做了润州的司马。

我这么辛苦地想要考个功名做个官，主要原因是，做自由撰稿人太辛苦了。我写不了畅销书，而且我们的版税制度不那么健全，读者文化水平也不太高，还经常有盗版的，所以，靠那丁点儿稿费，生活只能基本温饱。公务员就不一样了，海内外都知道，我们唐朝公务员福利制度是最好的。这是我考功名的主要原因。

果然，我很快由困顿进入小康。

我们州领导班子成员有刺史、别驾、长史、司马几位，很是精干。刺史是一把手，据说职位是从三品，低于六部尚书但高于侍郎，也就是说相当于副部级吧。别驾是州的二把手，长史和我都是一把手的助理。从刺史的级别上看，你就知道我的级别也不低的，厅局级呢。

我们实行的是年禄、月俸双轨制。我简单了解了一下，京官正一品每年给禄米700石，从一品600石，正九品40石，连芝麻从九品都有30石。月俸包括铜钱等杂用、防阁和庶仆等，什么叫防阁？防阁就是警卫员，我这个级别的领导刚好够得上。庶仆嘛就是一般的佣人，配给我这个级别以下领导的。更让我高兴的是，俸钱中不但有生活费，还包括办公费，国家实力强啊，据说年年还要涨工资和奖金。

紧接着，录事参军事，就是我们州的办公厅主任告诉我，马上要给我落实田地。他很权威地告诉我，我朝的官员俸禄中由禄米、土地、俸料三大项。啊，我们不是有年俸和月俸了吗？怎么还有土地分啊。主任说，是啊，我朝实行的是均田制，人人有份的，按您的职级，可以分到几十顷吧，这个可不好说呢，这些田您可以放租，每亩可以收六升租佃呢。永业田还可以继承，您的子孙以后也不用愁吃穿了。司马我真的是那个乐啊。

再接着，司仓参军事，就是我们的机关事务管理局长，告诉我一些机关的规章制度，我也大开眼界。他说，我朝官员每十天休假一天，这个工作时间可能长了些，他安慰我道，不过，我们还有各种节令假（如春节假七天）、定省节（三年探望父母一次，共三十五天）、婚假（九天）、丧假（视与死者关系而定时间长短）、病假（最长不超百日，过百日则解职），实际上，您的休息时间还是可以得到有效保障的。我们70岁可以致仕，也就是退休，像您这个级别的领导，退休要由皇帝批准的。如果您身体不好，想提前退也可以，如果您身体非常棒，精力旺盛，70岁以后也可以继续干，完全不用担心年龄，玄宗朝的太府卿杨崇礼，年过90才退休呢。您退休后享受半俸，如果您以后政绩卓著，经皇帝批准可获享受全俸。而且，我朝还非常重视退下来的老同志，您如果干得好，退下来后还可以加官一级，初一十五可以上朝听听政事呢。另外，有一点我要提醒领导您，我朝非常讲究官员的面容礼仪，也就是说一定要保养好自己的皮肤，如果你年龄没有到杠，但面容老态龙钟，那还是要退下来的，所以您经常要照照镜子练练身体什么的，不过这个您也不用过分担心，皇帝会在每年腊八以前，给您这个级别以上的领导发高级护肤品，您就放心吧，日常注意保养就是了，工作之余还可以到美容院按摩院去做做保健休休闲什么的。

陆司马一听，真的是很感动哎，连夜找到刺史谈心和表态：政府替我们想得太周到了，我一定要努力工作，勤奋工作，一定努力做好您的助手，您叫干啥就干啥，而且还要创新工作方法，把我们州建设成为我朝各方面工作都优秀的示范州。就像我在策论中论的，把润州建成国际花园城市，人民居有定所，绝对没有高房价，百姓安居乐业，物质生活极度丰富，社会秩序极度良好，人民生活文明和谐，以此来回报国家对我们的关爱。

刺史对司马我的表态很高兴，他语重心长地告诫陆司马：是啊，政府对我们是够关心的，而且，如果你平时有什么困难，尽管可以向组织提出，白乐天同志在任学士的时候，自称家境贫寒，开销比较大，要求兼领户曹的赋税，皇帝也允许了他。我还是那句话，政府对我们官员这么关心，我们没理由不做好工作，我们一定要廉洁自律，为我们润州各级官员做出榜样，你我一起共勉吧。

自此，陆司马算是过上了优裕的日子。表态归表态，工作归工作。茶熟香清，有客到门可喜；鸟啼花落，无人亦是悠然。催租事只问家僮，他们知道我不理生产的；工作事一把手二把手顶着，年底大家都要应付考核呢。

竹密何妨水过，山高岂碍云飞。陆司马的心态极佳。年底，陆司马乘着马车，以30码的速度，行进在从润州通往长安的大道上，向中央政府汇报工作去了。

周迅用眼直勾着周润发发嗲：夫子，你为什么要和我这样名声不好的女人见面呢？约摸吃一盏酒的工夫，周润发在完成脸红加剧心跳加速手心汗出这样几个程序后回答：我想要在卫国施行仁政，请夫人帮我游说灵公。

当夫子决定接受南子邀请的时候，子路等学生们很不高兴。大家都说，老师，您怎么能去见名声如此不好的女人呢？这些学生哪里知道夫子的远大政治理想，但他又不能过多地解释，只能举着双手发誓说：请你们相信我吧，我如果做了错事，老天一定会惩罚我的！老天一定会惩罚我的！

老师毕竟是老师，子路们还是相信老师的定力的。老师一定要这么做，而且是冒着风险去做，一定有他做的道理，而且老师年纪也不小了。我们等结果吧。

夫子自有他见的道理。他这样的人，并不是听风就是雨的，他有他自己的判断。况且，他已经做过很长时间的调查研究，那个南子并不是像人们传说的那么淫荡，南子是个非常有理想的女子，她帮助卫灵公出了不少治国的好主意。比如，她倡导学习和教育的氛围，在卫国建了不少的学校，使百姓的孩子都有机会学习；比如她非常尊重人才（高薪请他讲学），为卫国的发展做出了很大的贡献；比如她很尊重人民群众的个性化发展，倡导品质生活，在卫国，女孩子可以识字读书，可以不裹小脚，可以非常好地充分展现自己的美貌。所有这一切，在有些人看来，却是有些不合礼仪了。

夫子这次周游列国，自然要抓住这样的机会，灌输并实现他的政治抱负了。

夫子于是见了南子。

南子以为夫子可能不太会接受她的邀请，更没想到这么快，以至于夫子站在她面前时，她都没做好心理准备，原来想的好多问题一下子竟想不起来，盯着夫子，思绪万千，心潮澎湃，约摸过了吃三盏酒的工夫，才有了第一个问题：如何得到官职，获得薪俸？

夫子也紧张得很，这个南子不会和我调查的情况不一样吧，万一她做出不合礼仪的事情怎么办呢？夫子不敢正眼看南子，这真是个尤物呢，世上竟然有这等漂亮的女子，闻香识玉，可惜我夫子——脑子一时短路，正短路着，听到了南子的问话。夫子于是结结巴巴：依我之见呢，要多听，保留有怀疑的地方，谨慎地说那可以肯定的部分，就会少犯错误；多看，不干危险的事情，谨慎地做那可以肯定的部分，就不会失误后悔。如果讲话少过错，行为少后悔，那官职和薪俸便自然会有了。我这样回答夫人您还满意吗？

南子很满意，因为她是想得到更多的下属支持，培养起更多的亲信，她才不管人们对她的议论呢。夫子这个回答很管用。

第一个问题问完，南子有点镇定下来，然后用约摸吃两盏酒的工夫细细打量夫子。这个夫子，真是一表人材啊，不是说有56岁了吗，怎么还这么年轻呢？胡子怎么长得这么漂亮呢？我南子其实倾慕的是他的思想，《论语》早已滚瓜烂熟，我们已经用心交流很久了，这是我朝思暮想的理想男人啊，那个灵公老男人，就知道贪我的身体，无趣得很。

约摸过了吃四盏酒的工夫，南子问了第二个问题，这个问题她早就想好了，因为她平时也搞文学创作，写了不少的诗，她尤其酷爱《诗经》。她问：夫子啊，您说诗三百，一句话概括就是“思无邪”？就这么简单吗？我想问，您怎么看第一篇《关雎》呢？

夫子这时候也开始有了点头绪，他马上为自己不健康的想法而自责，而自耻，我堂堂夫子，怎么能像那些小人一样迷恋女色呢？怎么能想到要上她呢？你看，南子的思想多健康啊，她居然如此关心国家大事，她居然文学修养这么高？于是，夫子用了约摸吃五盏酒的工夫接了话题：是的啊，诗三百，是我国劳动人民的真实生活写照和心声透露。至于《关雎》呢，简单说就是快乐而不过分，悲哀而不伤痛。如果夫人还想再多了解一些，那么我们再细聊。夫子这个时候脑子又有点乱，因为一说起《关雎》，他眼前马上浮现出一个窈窕的淑女来了，眼前这个淑女真是太窈窕了，不正是配我这样的君子的吗？

南子问完第二个问题，想这夫子果然了得，既有政治管理水平，还有超高的文学水平，如果我能和这样的人生活在一起，哪怕只生活一天，都是值得的啊，想办法和他慢慢聊，再慢慢聊！

约摸过了吃八盏酒的工夫，南子问了第三个问题：请问夫子，我们如何全面而具体地观察一个人呢？南子想，这个问题肯定把你难倒，你不用吃十盏酒的工夫是回答不上来的，我上次同样用这个问题问了苏秦，他居然说看一个人吃相就可以观察，胡扯，一点也不准确。

夫子这时对南子也是越来越有好感了，和她说话简直是一种超级享受，还有她身上那种体香，闻闻都让人心迷，让人心醉，不能抱得美人，那只有想办法和美人多待些时间了，越长越好。于是夫子故意挠挠头，哎，这个问题好难噢，拖时间吧，再拖时间！约摸过了吃十六盏酒的工夫，夫子终于想出了，其实如何观察人，他早就有独到的见解：我认为，看人只要看他犯的错误就行了，人犯错误，各有各类，观察他的错误，就知道他是一个什么样的人了。

南子一听，双手一拍，大叫，啊，夫子，你真是太有才了，然后情不自禁地抱着夫子香吻，香吻时间约摸吃半盏酒。夫子被这突然而来的幸福再次击倒，姿势由被动到主动，脑子再次断电。

据史官统计，子见南子，

冯小刚告诉过我，写剧本就像麻雀过性生活，全靠碰！这你就知道好剧本有多难了。

——《阅剧笔记》

整个的时间用了约摸吃三十六盏半酒的工夫。

子路见了表情复杂的夫子，撅着嘴数落道：不是说好只见吃三盏酒的工夫吗？怎么用了吃五十一盏酒的工夫呢？哎，还有十四盏半酒的工夫都干了些什么呢？这个只有夫子和南子两人知道。据说，连太史公在写《史记·孔子世家》也头痛了好长时间呢，始终没搞清楚。

子见南子，几千年来，绯闻一直不断。不过，我相信，那南子一定比周迅还要有气质。

伯夷和叔齐最近出走了。他们的出走不是因为他们不要做孤竹国的继承人，说实话，做继承人的感觉还是蛮不错的。他们出走是因为一个国际赛事，一个在他们看来是很俗很俗的事。

这就是第 19 届“天下蹴踘大赛”。这次大赛是周朝在 71 个国家中选出的 16 支队伍里进行比赛。据说看点不少，其中姬姓封国队中入围的强队最多，有宋国队、虞国队、虢国队、齐国队、鲁国队、管国队、蔡国队、卫国队、晋国队、吴国队、楚国队，等等。权威分析人士指出，强队强的原因，一是他们的全民蹴踘素质教育搞得比较好，大街小巷人人都玩这个；二是国家富裕，天子财政支持多，队员积极性高，能高薪聘请教练。

但伯夷和叔齐不喜欢这个，他们认为这种比赛充满了铜臭，充满了争斗，这么多汉子为了一个蹴踘踢来踢去，根本不能体现和平相处和谐相处的崇高精神。于是他们逃到了一个叫首阳山的地方，因为他们早就慕名这个世外桃源了。

然而，初到首阳山，发生的两件事就令他们惊诧不已。

刚住进驿馆，打开房间，就发现好几份邸报放着。不看不知道，一看吓一跳：这个小小的首阳山，竟有四张甲骨报纸，而且，这些报纸都在做“天下蹴踘大赛”同一个话题。A 报的标题是：顶级派对。他们认为，71 个国家选出的 16 支强队，各队不断切磋技艺，一定会使水平大上，从而会将蹴踘水平提高到一个新高度。B 报的标题是：过踘瘾。他们认为，蹴踘事业是一项喜闻乐见的群众性体育运动，大赛期间，百姓天天像过节一样，不仅能强力拉动各国经济，也对各国人民的友好往来是一种促进。C 报的标题是：想入踘踘。主要是对大赛的预测，博彩版面众多。D 报的标题是：黑与白。主要是从人种的角度、技术层面分析各国蹴踘的优劣。看着这些报纸，他们很是伤感，你看你看，这场大赛简直让整个天下发了疯。

第二天，伯夷叔齐悄悄上街，还没走出驿馆大门，就被闻讯赶来的首阳报记者许由拦住了。许由大笑：你们两位有点像我一样不识时务啊，当初我不去做官，甚至不想听到做官这句话，甚至还到河边去洗了洗耳朵，这事整得动静挺大，全天下都知道了，我爸有个朋友就责问我，你既然不想做官，干嘛弄那么大的声响？听说你们不满意“天下蹴踘大赛”，跑到这里隐居？告诉你们，天下根本就没有隐居的地方，否则我就不会再吃这碗饭了。今天，我不仅要采访你们，还带来了好消息，滕国和蓟国有两家生产“蹴踘”的实力一流的上市公司，想请你们做代言人，你们干不干？不想干，有很多人想干呢，他们找我做经纪人，是因为你们是高干子弟，有影响力，好好想想吧。

伯夷和叔齐商量着，既然暂时没有更好的去处，那我们就在首阳山先待着吧，看看情况再说。但是，我们一不做代言人，二不看有“天下蹴踘大赛”消息的报纸，三呢，我们也不要首阳地方政府的支助，我们不相信，当今这个天下就没有一块不谈金钱的净土。

再怎么有骨气，饭还是要吃的。于是他们去首阳山里采薇。早就听说，这里的野生豌豆苗鲜嫩无比，营养丰富，久吃不仅能强身健体，还能延年益寿。走啊走，采啊采，开始几天，还能勉强填饱肚子，后来就很难采到薇了。有天，正当他们饥渴难忍的时候，来了位中年汉子，汉子和他们说，现在生态不好，野生薇早就不多了，在首阳山那边，我们建了个大型薇园，那里有我们人工培养的大片薇苗，你们不妨到那里采，我去和领导说一下，这个是我们周朝的国有企业，你们吃点没关系的。

一路喘着粗气，伯夷叔齐到那个薇园一看，外面挂着个牌子：“天下蹴踘大赛”特约赞助单位。伯夷盯着叔齐说，看来我们是逃不过蹴踘了，要不回国算了，大不了我们也去玩蹴踘。

于是，伯夷和叔齐回国也办起了蹴踘队。几年后，他们队就夺得了孤竹国甲级联赛冠军，并代表国家打进了第20届“天下蹴踘大赛”16强。

于是，采薇的历史被彻底颠覆。

当附近小学校里传出“关关雎鸠，在河之洲。窈窕淑女，君子好逑”时，周爸爸真的很心焦，静姝已经18岁了，再不出嫁就成老姑娘了。也不知道哪个诗人写了这首诗，说是专门写给静姝的，弄得全城都沸沸扬扬。

周爸爸现在的难题是，来了很多求婚者，有的都非常优秀，几轮遴选下来，现在有三位君子候选人。正犯愁呢，这可是女儿的终身大事啊。

第一位小伙子叫桐君，职业是郎中。他是祖传世家，年纪不大，医术却精湛。他最拿手的是医治蛇伤，周南这地方，出城便是深山，百姓经常要往山里劳作，春夏之际，被蛇咬伤的人常常很多，他都是义无反顾地救人，因此留下很好的口碑。由于医术好，业务发展也很快，他们家已经在城东城西城南城北城中开了好几家分店了。最近，他们家还在筹划，要到邻国去开分店。许多热心人都帮着小伙子介绍对象，他往往很客气地对人说，等等，等等。有一天，他突然听到了小孩子们在纷纷传唱的《关雎》歌，大为心动，迫不及待地往周家去提亲了。他想，凭他的实力，他应该抱得美人归的。

第二位小伙叫卢班，职业是建筑师。这个小卢也是出身建筑名家，相传天朝的宫殿都是他家祖上设计建造的。小卢在天朝大学毕业后，一直致力于把传统建筑平民化，也就是说，他做的重要工作，是平民百姓的安居房设计。他知道，居者有其屋的首要条件便是要造百姓造得起的房子，现在的百姓收入都不高，但可以充分利用各种资源，充分利用廉价的人力，达到安居的目标。据说，他设计的茅屋零零壹号至零零捌号方案，不仅本城居民喜欢，就连朝廷管建筑的大臣都已经关注了。关于娶亲问题，他也是高不成低不就，别人介绍了好几个官员的千金，他也没怎么动心。有一天，他也突然听到了小孩子们在纷纷传唱的《关雎》歌，也大为心动，也迫不及待地往周家提亲了。他想，凭他的实力，他也应该抱得美人归的。

第三位小伙叫焦中亲，职业是公务员。小焦也是干部世家，祖上做过周朝的大官，一直享有政府的关照，到他父亲这一辈，也还在领导职位上混得蛮好。小焦太学毕业后，随即进了政府部门，从小吏做起。由于他们家有祖传的做官秘方，没几年就好评如潮，势头非常不错，年纪不大，却已经做到本城的副市长了，分管教育和民生。小焦倒不是第一次谈恋爱，他已经结过一次婚，但非常短暂，主要原因是他父母和他媳妇合不来，最终媳妇被父母扫地出门。他父母是这样劝他的：咱们干部家庭，你又有这么好的条件，前途非常广大，你一定会找到更好的，不，一定会有更好的找上你的。小焦是个孝子，也只有听父母的了。有一天，焦副市长到学校检查工作，突然听到学生们在传唱《关雎》歌，不禁心为之一动，随行秘书看出领导的心思，马上调查报告：这歌是唱一个叫周静姝的女孩子的，全城都在说她的美丽。已经有不少人去她家提亲了。焦副市长闻此，急忙回家让父母也去周家提亲。他想，凭他的实力，他应该抱得美人归的。

周爸爸这几天茶不甜，饭不香，研究来思考去，就是定不下来。于是，他灵机一动，听听静姝的意见，看看她愿意嫁给谁。

那么，这静姝内心想的是谁呢？谁也不知道。她内心想的是那位诗人，那位写《关雎》的诗人。她想啊，人生不就是追求幸福吗？人生不就是为了幸福吗？能写出那样美诗的人，一定值得去爱，他一定看到过她，是不是那次本城青年联谊会来参加会议的其中之一俊友呢？说不定是富二代噢。她找啊找，通过各种关系，终于找着了，原来，这位诗人叫南岛，住在城南一角，他并没有参加过才俊大会，他只是城南自由市场里的一个补鞋匠，面容不好，还驼背。他很自卑，但对美的追求却从没有停止过。自从见过静姝一面后，就辗转反侧；求之不得，寤寐思服。情如泉涌，终于写出了《关雎》。

静姝于是很纠结。她也饭不甜，茶不香。她也知道那三个郎中、建筑师、公务员在追她。

关关雎鸠，在河之洲。窈窕淑女，君子好逑。没几天，淑女还是嫁给了君子，这位君子就是小焦。理由很简单：诗人虽浪漫，但养不活自己，此是下下策；郎中医术好，但只能救死扶伤，德大于利，此为中中策；建筑师虽能广厦千万间，但还是在各方面受着政府的牵制，此为中上策；公务员，不管哪朝哪代都是铁饭碗，他能搞定诗人，搞定郎中，搞定建筑师，基本上全搞定，此为上上策。

不嫁上上策，更欲嫁何人？周爸爸周静姝别无选择！

听说雷峰塔重建后

雷峰塔要重建的消息前几天正被各大媒体热炒。

考古队挖掘地宫的场景电视台甚至还现场直播。地宫中自然掘出蛮多的宝贝，只是人们日夜关注的法海盖白娘子的那只盒子是空的。一时猜测纷纷，坊间更是传出种种传闻。

白娘子到哪去了呢?

77 年前，雷峰塔一夜之间忽然倒塌，当时有个很有名的姓周的先生还做了篇《论雷峰塔的倒掉》的杂文，影响大得很，白素贞就是那时趁机逃出魔盒的。

挣脱锁链后的白素贞觉得有一种前所未有的解放感，她携小青一路避难，最后远渡重洋到爪哇国隐姓埋名居住下来。

爪哇国民风淳朴，百姓富裕，但有种痨病很流行，当地还无良药可完全救治。白素贞和小青一合计，决定重操旧业，开一家诊所。这痨病在白素贞看来却是小菜一碟，原来是气候和饮食不协调所致。她根据病人年龄、性别，开些食物调和方子，再加上一丸自己炮制的中药，竟然一一治愈，一时间诊客盈门。她们又不断扩大规模，数年后，白素贞已成了当地富甲一方的名女。当地有一叫许山的青年，相貌竟长得和许仙一模一样，白素贞第一次见到许山时就再也无心做生意了，那股几百年前已熄灭了的激情又被重新燃起，在小青的撮合下，这对有情人终成眷属，白娘子于是又生活在蜜糖罐中。

白娘子的经商悟性在市场经济的大潮中发挥得淋漓尽致。她见爪哇国的痨病患者正一天天减少，人们追求精神生活质量的潜在愿望却很迫切，加上O国、M国等繁荣的文化市场，经三思和许山慎议，成立了“BSZ影视无限公司”。公司主要以白娘子与许仙为传统题材，批量加入爪哇国人的精神需求。因市场定位正确，公司一开始就取得良好的经济效益和深远的社会效益。这几年拍竣且大有赚头的连续剧有《白娘子式婚姻》（100 集）、《白娘子的绝对隐私》（101 集）、《白娘子历险记》（98 集）、《白娘子和许仙的幸福生活》（99 集）等。还有《西湖绝恋》、《恋曲 1119》、《卧蛇藏宝》、《非诚有扰》等若干部佳莱坞大片也在海外广为播映。与此同时，一些制假贩假高手也纷纷打着“BSZ”的旗号，一时间，“BSZ”成为当今世界著名的品牌，股市行情日日见涨，公司大股东小青的财产据说也已进入当地十大富人行列。

在互联网上得知要重建那个塔的消息后，白素贞是吃睡不香，按照组织纪律，待塔建好后，有关部门要查户口，她是一定要像七仙女回天宫那样重回塔中的。

心病终究是心病。白素贞只得彻底向许山摊牌，表示与他的情缘将断。谁知许山听完故事，却哈哈大笑：娘子不必烦恼，我略施小计，便可破解难题。改天我到 Y 国去一趟，弄个“克隆白素贞”去交差不就完了吗？白素贞一听极有道理，连忙放声朗笑：世易时移，这么简单的办法怎么没想到呢，即使玉皇老儿也识不破这奥妙的，还怕那龟和尚法海不成？

晚上和许山的一阵对酌，又激发了她许多灵感，马上召开董事局全体会议，会议的主要内容已在她心里拟就：“白娘子”重回雷峰塔，对 BSZ 公司而言是一次巨大的商机，公司的近景和远景规划中将会添上浓浓的一笔。

花果山水帘洞前。千米大平台。

彩旗招展，人影绰绰，某著名卫视频道《相约红玫瑰》千期纪念特别节目正徐徐拉开帷幕。

男主持东方朔、女主持桃花岛主之千金黄蓉（姿势分别呈跳跃状及蹁跹状）上场。

各位嘉宾、各位观众，今天的特别节目，我们将超越时空，八方聚会，畅言亘古爱情，但愿有情人终成眷属。

东方朔：下面我介绍将要出场的四位女嘉宾，她们是：1 号卓文君小姐，2 号杨玉环小姐，3 号李清照女士，4 号王熙凤小姐。（掌声欢动，一浪高过一浪，计 91 分贝。）

黄蓉：下面我介绍将要出场的男嘉宾及他们的亲友团，他们是：1 号祖冲之先生率领的科技人才队，2 号宋江先生率领的梁山好汉队，3 号柳永先生率领的文人墨客队，4 号高小俅先生率领的公子哥儿队。

（掌声雷动，一阵盖过一阵，达100分贝。）

镜头摇至各方阵，但见横幅飘扬，显眼的有“爱你一万年”、“一千个热吻”、“特别的爱给特别的你”、“牵挂你的人是我”等。

黄蓉：下面是各位嘉宾互选印象中的偶像。（男女嘉宾瞧准对方猛按选择键，嘟——）

东方朔：好，下面请各对意中人叙述玫瑰印象。

2号宋江对3号李清照：俺以前一直在好汉堆里混，荒废了仅有的一点学业，今儿个俺选清照，主要是看中她的才气，她就像一本精彩的书，俺已看到了封面，希望一辈子研读。（说完此话，宋公明一溜小跑至李易安前，从胸衣中摸出塑料红心，双手虔诚递上说：俺把心献给您。）

亲友团长李逵双手擂鼓，口唱新曲：嫂子，嫂子，我们的嫂子。

2号杨玉环对1号祖冲之：我再也不愿做笼中鸟，帝王们让我伤心，大难临头顾自飞。这回我得选个科技人才，祖先生能将圆周率弄出这么多位数，起码是个博导类的硅谷人才，享受国家特殊津贴，收入丰厚不说，也有利于下一代优生。（祖先生听完杨小姐一番爱慕话，越发显得腼腆。）

1号卓文君对4号高小俅：这回本小姐也得改改思路。那时候太幼稚，司马相如不就是会做几首酸赋吗，根本卖不了几个钱，害得我当垆沽酒受尽风寒。今儿个才知爱情不能当饭吃，瞧那小高，既有个当官的好爸爸，又多情，还有钱，傻瓜才不爱呢。（衙内闻此潇洒甩扇大笑：知我者文君也。）

亲友团长陆虞候对文君竖起大拇指，用京腔高叫：小姐好眼力——

3 号柳永对 4 号王熙凤：寒蝉凄切，对长亭晚，骤雨初歇。多愁善感的我羡慕“家有悍妻”，想添些阴刚之气。我要的是既柔情似水又治家理财且意识超前的贤内助。我的词自觉民族特色浓厚，若经她策划包装，拿几个 × 贝尔奖应该没什么问题。

王熙凤朝柳三变媚眼一抛，众嘉宾立马醉倒一片。

黄蓉：短短的 40 分钟，男女嘉宾互诉衷肠，真情流露，听来令人感慨万千。最后我们请现场各方队评出今天节目最佳印象小姐和先生。（各方阵一时手忙脚乱，铃声嘀嘟此起彼伏。）

东方朔：本期《相约红玫瑰》特别节目最佳小姐——卓文君，最佳先生——宋江。（宋江的亲友团旗幡摇动，呼哨声响成一片。）

结束字幕：本期节目由花果山股份有限公司独家赞助。节目监制：孙小孙。

关于举办『庆祝嫦娥奔月两万零一年』的通知

市属各部委办局、乡镇：

丽风劲吹，节庆鼓擂，西瓜杨梅蜜梨香蕉，蟋蟀黄牛白鹅骆驼，统统都有节日。今年10月28日，是嫦娥奔月两万零一年的纪念日。据专家最新考证及本市嫦娥镇嫦娥村发掘的实物看，“嫦娥奔月”确凿无疑。为大力弘扬中国传统神话文化，加快我市的经济发展，经慎重研究，特隆重举办“庆祝嫦娥奔月两万零一年”的大型庆典活动。现将有关事项通知如下：

一、办节宗旨：神话搭台，经济唱戏，全面展示××新形象。

二、具体事项：

1、宣传部门要大力营造浓厚的节庆氛围。报纸、电台、电视台要形成合力，新闻单位领导要精心策划，组织重头报道，并开辟专栏，全方位宣传嫦娥奔月对发展我市经济的作用。

2、文化部门要组织好各乡镇的舞龙队伍，要求阵势强大，服装鲜艳，彩旗、气球制作要别出心裁，拟制特大气球36只，悬挂市区主要街路上空，彩旗两万零一面，遍插主要街路，特别是市区通往嫦娥镇嫦娥村路段一定要彩旗猎猎，红旗飘飘。另外，我市知名作家乌有先生的巨著《嫦娥传》也将举行降重的首发式。

3、公安部门要出动全部警力，并动用民兵预备役部队，确保节庆治安，特别是28日晚的嫦娥奔月超大型焰火晚会.由于创意无限(届时将再现嫦娥奔月镜头)肯定万人空巷，观众如堵，要绝对保证安全，谁出事谁负责。

4、招商局、经委等经济部门要全力唱好节庆重头戏，各单位要广泛招商，广邀宾客，尤其是外商，要不惜一切代价邀请。28日上午8点28分在嫦娥大酒店8楼8号会议室的招商引资签约仪式一定要隆重，这是经济唱戏的主要内容。特注：招商方式可灵活些，只要有意向即可。还有，各部门此前已签项目也可再形式一下，以显隆重。外商不够，可到高校找一些外籍教师或留学生，他们专门有人干这一行。

5、工商部门要抓紧办理我市新产品商标的注册登记。“嫦娥牌”系列鞋、“月兔牌”系列针织品、“桂花牌”系列酒、“吴刚牌”系列健身器等要趁此良机走向全省、全国、全世界。

6、所有部门拟将各自“跑部钱进”之关系部门领导请来，特别是握有财权之一把手一定坚邀；宣传部门要恳请各大媒体有发稿权之领导及知名记者。

所需礼品统一由市里安排，记者另加丰厚车马费。

三、组委会名单(计有总顾问、名誉顾问、名誉主任、主任、副主任、办公室主任、副主任、各大组长、副组长等201人)。

四、横幅悬挂、标语张贴单位分解表(计横幅2001条、标语20001张分解到201个单位，略)。

五、主要横幅标语内容如下：

1、欢迎您来嫦娥故乡投资创业

2、嫦娥奔月两万年，明月千里寄相思

3、打响嫦娥奔月品牌，做大做强 ×× 经济

4、诚邀天下宾客，齐来嫦娥相聚(专挂嫦娥镇及嫦娥村)

5、让嫦娥走向世界，让世界了解嫦娥

6、优化发展环境，诚招天下客商

×× 市嫦娥奔月节庆组委会

公元某年2月29日

韩博导和他的博士生小李说，你要认真学习啊，你看，像孔子那样的圣人都要向老师学习呢。小李问，孔子都有哪些老师啊？孔子师郯子、师襄、老聃。今天我们就说说老聃吧。

老聃就是老子。为什么叫老子呢？有人说，老子的妈妈怀了他 72 年，剖开左腋，生下了他，该聃一出生就白发苍苍，所以才叫老子。其实呢，老子先生也不是白发苍苍，有人这样描绘该生：皮色黄，眉毛很美，额头宽阔，但额头上有十五道皱纹，额角两端似有日月的形状，耳朵很长，耳朵上还有三个孔，眼睛很大，鼻子很端正，但有两根鼻骨，牙齿稀疏，四方大口，嘴唇很厚，双手上有十道贵人的纹路。这基本上是个异人啊，这样的人走在大街上，还是很有特征的，“聃丝”们肯定引以为豪。

自然，三人行必有我师的好学者孔子，一定会去找李老师的。

果然，有一天，孔子对子贡说，你帮老师去找找老子吧，看看我能不能向他请教些问题，我有些礼义上的问题想请教他。子贡于是出差，找到了老子。老子对子贡说，你老师想请教我啊，可以啊，让他跟随我三年，三年后我才能教他。

孔子是很虚心的，随后就去拜师了。老子见面就对孔丘一顿劈头盖脸的教训：现在有钱的人都装着像没钱的人一样，现在没有德行的人都装着像有德行的一样，你，应该尽快去掉骄气和过多的欲望！

老子的眼果然很尖啊，他为了那一点点政治理想，已经游说了70多个国家了，但一点效果也没有，先王的治国之道，都说好，但就是没有人采纳！

有一天，老子检查孔丘的作业，随意抽查了：最近你在读什么书啊？我在读《周易》，孔子还补充一句，圣人都读这本书的。老子马上教育他：圣人读可以，你为什么要读呢？你是谁？你从哪里来？你要到哪里去？这些问题你想清楚了吗？孔丘一头雾水，不知道，不知道，还是不知道，想破头也想不出来。

这老子学问果然很深啊，深得让孔丘没有招架之力。

又一天，孔学生很认真地向老子请教“仁义”，他自己研究和实践了半辈子，但始终没有弄清楚。

老子教育他说，仁义在我看来，就是一种蛊惑人心的东西，就像夜里咬得人不能睡觉的蚊虫一样，只能给人增加混乱和烦恼。你看看我们身边：天本来就高，地本来就厚，日月本来就放射光芒，星辰本来就排列有序，烟霞风雪，江山塘岸，花柳苔萍，蜂蝶莺燕，台槛轩窗，舟船壶杖，一切都是自然搭配，你如果修道，那就顺从自然存在的规律，自然就能得道了，你把那些你自己都弄不清楚的仁义到处讲来讲去，有什么用，那不是和敲着鼓去寻找丢失的羊一样可笑吗？说得严重些，你是在破坏自然规律，败坏人的天性啊！

孔丘这一课上得，越来越糊涂了。我平时研究和实践的那些东西，怎么就和老师的不一样，他说得很有道理啊，你想改变什么呢？人家不是生活得好好的吗？现在不好，以后肯定会好嘛，说不定现在的不好就是为了以后的好，这就是自然规律啊，我干嘛要去打破它呢？是呢，为什么同一块土地上会长出不同的水果呢？为什么我们因为自己所没有的东西而感到不幸，却不会因为自己所拥有的东西而感到幸福？

孔丘还是有不少的疑惑：老师，我求了 27 年的道，怎么仍然没有得道呢？

老子又继续教育道：孔丘啊，道不是我们能看得见的东东。设想一下，如果道是一种有形的东西，那么人们一定会拿来送礼，你想想看，首先会送给谁呢？君王，亲人，还有各式各样想要送的人，如果道可以一下子说得很清楚，那么我们一定会首先告诉自己的兄弟，如果道可以传给别人，那人们一定会传给自己的子女。为什么这些人都没有得道呢？道理很简单，那就是一个人心中对道没有正确的认识，那么，道就绝对不会来到他的心中。

孔丘三年学成回来，三天没有说话。子贡很奇怪地问怎么了？孔子说，我自认为我已经很有学问了，如果对方的思想像鱼一样遨游，我一定可以用钓钩来捕捉它，可是老子的思想像龙一样，乘云驾雾，太虚幻境，无影无踪，我实在不知道他到底是人还是神呢？

韩博导最后让小李博士总结一下，小李若有所思地说：道可道，非常道！

庄子学道成仙。离家数十年啊，家还是要的，毕竟家里还有娇妻呢。

一日，正赶着回家的路。经过一个坡地，一白衣女子一边巨声痛哭，一边在用大扇起劲地扇一座新坟。他的脚不由自主地被牵住。

庄先生不明白，平时他很少和女性尤其是年轻女性搭腔的。

“你做什么呢？”他很小心地问，带着一种帮人解决困难的心情。

“扇坟啊！”女子不耐烦地答，看也不看他，只是用力扇。

“为什么要扇坟呢？”他还是不明白，是不是这个女子在练一种新的功夫呢。

“让坟上的土快些干！”女子依然不耐烦，你走你的路，管这么多闲事干什么。

“为什么要让坟上的土快些干呢？”他越发不理解了，好奇心促使他一定要弄个明白。

“坟里是我刚死去的老公，我们很恩爱的，他临终时说过，只要坟上的土干了，就允许我嫁人，懂了吧。”女子怕他再问，想想也扇了这么大半天，就告诉了庄先生原因。

庄先生闻此，一时不知说什么好，感慨万千。恩爱夫妻，原本如此。

“那我还是帮你一下吧。”庄先生有法术，三下两下就把新坟给弄干了。

“谢谢你，谢谢你，真是非常非常感谢你！”女子千谢万谢，这会儿是非常真诚的，不仅她不要再花力气扇了，更重要的是她可以寻找新的爱情去了，说不定新的爱情正在等着她呢，否则她干嘛那么急呢？

庄子回到家，见到了久别的妻子田氏，一切都好，但还是忍不住把扇坟的新闻告诉了妻子。

田氏听了故事，自然要把那白衣女子痛骂一番的，这是什么啊，一点廉耻都没有，我绝对不会做这样的事情。但庄子还是不太相信。

那田氏本是高干子女，生得漂亮聪明，当初嫁给庄子这老头，就是图他的学问和名气呢。在庄先生离家学道的这些年里，她的事业发展得相当顺利，她全方位开发庄子的品牌，并且做成了著名的庄子文化集团，她主编的《庄子心得》等系列丛书本本畅销，在国家电视台做关于庄子的节目，收视率也是一路居高，还应邀到处做讲座，据说出场费都已到六位数了。

田氏的情报工作也堪称一

流，她早就得知庄子要回来，而且是学成了仙术。她也看到了庄子路遇扇坟的现场，因为有卫星定位和现场图文直播。她不仅知道这些，还猜到了庄子的疑惑：这次庄子回来恐怕要试试她的忠诚。

试试就试试，没做亏心事，不怕你试，如果真要试，到时候让他吃不了兜着走。

庄子回家的第三天早上，突然肚子大疼，大汗淋漓，大口喘气，一口气忽然接不上，两腿一蹬，撒手去了。连急救车都来不及叫。

田氏虽有疑问，但还是哭哭啼啼，集团公司迅速组成庄子治丧委员会。庄是名人，各国都有非常多的好友，于是吊唁的一拨拨，各种媒体也都纷纷来报，车水马龙，一时成为当地盛事。

一日，来了位年轻英俊的后生，后生还带了个老仆人。后生说，他是庄子最得意的学生，闻听先生去世，悲痛异常，他一定要留下来替先生守灵。

学生守了几天灵，就开始对田氏献媚，田氏看着他也顺眼，但脑子里满是白衣女子扇坟的影子，于是不再搭理。那学生一计不成，又托老仆人来说，意思是看庄夫人这么年轻就守寡，他愿意和他共度以后的日子。田氏脑子又浮出庄子讲故事的情景，于是又把老仆人痛斥一番。弄得他们两人都灰溜溜。

田氏猜对了，这确实是庄子设的计。他先是诈死，然后化身年轻后生来勾引。按庄子的设计是这样的：田氏基本上会上钩，再让后生患头痛病，这是一种痛得要死的头痛病，然后让老仆人献计，只有吃刚去世人的脑汁才能治好，然后田氏色迷心窍鬼迷心窍，待田氏拿着板斧劈开他的棺材取他脑汁时，他就从棺材里坐起来，结果是，田氏要么吓死，要么疯掉。他的用意很简单，通过试妻，告诉全国的老公们，不要太相信太太们的保证啊什么的，许多引诱是没有办法抵抗的。

可是，田氏就是不上钩。庄子想了很久，田氏不上钩，真的是她意志坚定呢，还是爱他爱得深呢，抑或她已经识破了他的计谋？

庄子为难了，庄子从来没有这么两难过，他已经走进他自己设计的死胡同。两难的关键是，他回不了人间了，他没有理由现身啊，你不是死了吗？等到追悼会开过，骨灰朝天空里一撒，他好像和她说过，他是鲲鹏展翅，他喜欢蓝天，田氏一定会这样做的。如果真的这样了，那我庄子半世英名——

事情真的朝着庄子既愿意看到又不愿意看到的方向发展着，田氏名声再次大震，基本成为全国妇女的楷模，忠诚爱情的楷模。

于是，庄子试妻彻底失败。于是，庄子只好一辈子去“逍遥游”了。

孔子的微博（代后记）

公元2011年8月27日，中国杭州，在一个叫“杭报在线”网站的盛情邀请下，孔丘先生史无前例地注册了微博。夫子新鲜得很，一口气向孔迷、孔丝发出如下十一条白话论语式微博。

@嗨，大家好，我孔丘。今年我的生日过得特别有意义。

@杂文作家陆春祥陆布衣，询我以“子不语怪力乱神”作书名并贯串全书，我说好。你们杭州人袁枚早就用过《子不语》了，还有个小美女夏达目前也在画《子不语》。《新子不语》，旧瓶装新酒，估计好喝。大家热闹，我不收版权费了。

@陆布衣忐忑说，书里的好几节写我，什么《孔语陆解》，什么《子见南子》，什么《像龙一样的思想》，怕对我有什么不敬。没关系啊没关系，我也沉寂很久了，也需要炒炒，虽然陈点旧点，但我是源头，大家不是要饮水思源吗？我就是那个源。我不会生气的，我的后人也不会生气的。如果他们生气了，布衣你找我。

@陆布衣说，灵宝地税局原副局长卫建设，贪赃500来万，死缓。这个1999年的死缓，不知出来没？他如果出来，听到刘志军部长的消息，肯定要自叹弗如，大大的不如。据网上说，刘部长涉案8亿多。大手笔啊。不管什么手笔，都还是小柳说的蝜蝂，既是蝜蝂，肯定改不了江山，终究还是善负小虫也！背甚湿，又好上高，至坠地死！又有一个刚出锅的数据：66%的受访者表示想当领导，有优越感，还有很多便利。

@前几天，吴地一卫生官员，用微博和女朋友约会，打情骂俏开房，事发，举国哗然。夫子窃笑，新技术绝对不要乱用，否则出事，先请教人家把原理弄清楚再说嘛。此官员首次开博，以为新鲜，没想到成绝唱。此等怪力乱神，众官员当引以为戒。夫子以为，没事还是多到乡野走走吧，免得像人家说我一样，四体不勤，五谷不分。

@最NEW新闻说，出版过《乞讨日记》的河南残疾乞丐夏海波，每晚朗读唐诗宋词，俘获隔壁90后女孩芳心与其订婚。女方父母反对说，唐诗宋词代替不了柴米油盐。惭愧惭愧，想当初夫子我也是东奔西走，居无定所，食无保障，甚至不如海波也。可海波不如我也。我成名，他连老婆也讨不起，空有一肚皮学问。

@花言巧语，面貌伪善的人，仁德是很少的。面对那些怪力乱神，我都不想说话了。子贡问我：老师如果不说话，我们弟子们传达什么呢？我对他说：上天说了什么呢？春夏秋冬四季照常运行，众物照样生长，上天说了什么呢？

@大家要注意子贡对我表扬。因为子贡把我捧到天上去了，不符合辩证法。子贡和人吹牛，说我像太阳，像月亮，是不可能超越的，还吹我像天下的梯子那样高，一般人是爬不上去的。这明显有点过分嘛，我并没有这么好，他这么吹，如果是真心那是过分了，如果不是真心，那就是别有用心。肯定有他自己的政治意图，让我的泡沫不攻自破，他好看我的笑话咧！

@最后，我问大家一个问题：恒河中有无可计数的沙，假如这条河中的每一粒沙子又变成了一条恒河，你有什么看法呢？所有恒河中的尘沙加在一起，你认为算不算多呢？可以加我随便说。

@再一个最后。今天我累了，谢谢大家。夫子我说话一向只要爽快，不料前后的，请多包涵！我要回去吃独参汤，烧沉香，读古书也。若要和陆布衣私下沟通，他说了，请给他妹妹发信，他妹妹家地址是：land111@sohu.com。

@噢，不对，真是年纪大记性也不好，还有一条。陆布衣说，他还要感谢为《新子不语》出版一起努力的几位先生和女士。责任编辑杨婷，对本书提出许多建设性意见和承担了大量琐碎的编辑工作；责任设计杨鑫，对本书全方位的包装设计，真的像个《子不语》了；著名版画家刘春杰，友情为“怪力乱神”小封插画，生色不少。一并感谢。

问为斋

辛卯年四月初一

图书在版编目(CIP)数据
新子不语 / 陆春祥著．——上海 ：上海锦绣文章出版社，2011.8
ISBN 978-7-5452-0996-9
Ⅰ．①新… Ⅱ．①陆… Ⅲ．①杂文集－中国－当代 Ⅳ．① I267.1
中国版本图书馆 CIP 数据核字（2011）第 162811 号

书　　名：新子不语
著　　者：陆春祥

出 品 人　何承伟
责任编辑　杨　婷
装帧设计　未　氓　刘德祥
责任督印　张　凯

出　　版：上海锦绣文章出版社 · 上海故事会文化传媒有限公司
发　　行：上海文艺出版（集团）有限公司
电话：021－60878676
021－60878682
传真：021－60878662
地址：上海打浦路 443 号荣科大厦 1501 室
电子邮箱：wyfx2088@163.com
邮编：200023
印　　刷：上海文艺大一印刷有限公司
版　　次：2011 年 8 月第 1 版　2011 年 8 月第 1 次印刷
印　　数：0001－5000
规　　格：889 × 1194　1/32　8.25 印张　插页 4 页
书　　号：ISBN 978-7-5452-0996-9/I · 331
定　　价：28.00 元